글쓰기가 뭐라고

글쓰기가 뭐라고

강준만의 글쓰기 특강

인물과
사상사

'글쓰기 책의 범람'에도 불구하고

"글쓰기 책이 범람하고 있습니다." 한국출판마케팅연구소장 한기호의 진단이다. 이는 글쓰기 예찬론을 펴면서 한 말이라 '범람'이 꼭 부정적인 의미로 쓰인 건 아니다. 하지만 '범람氾濫'은 큰 인적·물적 피해를 일으킬 수 있기 때문에 이 단어가 유발하는 연상 작용의 의미를 마냥 좋게만 보긴 어렵다.

나 역시 '범람'에 동의한다. 나는 어떤 주제에 대해 책을 쓸 때엔 관련 책과 기타 자료들을 구할 수 있는 한 모두 다 구해서 읽어보는 '못된' 버릇을 갖고 있는데, 어찌나 관련 책이 많은지 나도 깜짝 놀라고 말았으니 말이다. 그렇게 놀랐다면 흘러넘치는 강물에 물을 더 보태는 일은 하지 말아야 하는 게 아닌가? 그런 생각을 했음에도 이 책의 출간을 결심한 데엔 그럴 만한 이유가 있다.

나는 10여 년 전 『대학생 글쓰기 특강』(2005)과 『글쓰기의 즐거움』(2006)이라는 2권의 글쓰기 책을 낸 바 있다. 둘 다 절판된 책이지만, 지금도 가끔 이 책과 관련된 인사를 받는다. 물론 내 앞이라 좋은 덕담들이다. 그걸 충분히 감안하고 내가 나름 내린 결론은 그 책들은 "좋다"라기보다는 "다르다"는 것이었다. 즉, 글쓰기에 관해 쏟아져 나온 수많은 책과는 다른 차별성이 있다는 이야기였다. 나는 그 차별성을 『글쓰기의 즐거움』의 머리말에서 밝혔는데, 그 핵심 내용에 살을 보태 다시 한번 말씀드려 보겠다.

나는 공부를 하면 할수록 '저자의 죽음'이라는 말에 공감하게 된다. 몰랐거나 어설프게 알았을 때가 좋았다. 어떤 주장을 나만의 독창적인 생각으로 확신할 수 있었으니까 말이다. 그런데 책을 많이 읽다보면 나 혼자 스스로 했던 생각을 이미 누군가가 엇비슷하게나마 했다는 걸 알게 된다. 결국 나는 책을 많이 읽지 못한 나의 게으름을 독창성으로 착각한 셈이다.

독자들께선 잘 아시겠지만, 나는 신문 기사 하나에도 각주脚註를 달려고 안달하는 편이다. 나는 각주를 생명으로 아는 논문에 대해 다소 냉소적이기에, 나의 각주 사용은 좀 유별난 의미가 있다. 이른바 '신문 쪼가리'에서 본 걸 각주에 밝히는 게 무슨 자랑이겠는가. 과시용이 아니다. 윤리와 더불어 감사의 뜻이다. 내 책을 징검다리로 해서 관련 주제를 더 많이 알고 싶어 하는 독자에 대한 서비스와 더불어 겸손을 지키기 위한 성찰의 의미도 있다. 이런 각주 사용법에서 드러나듯, 나는 오늘날 저자란 '편집자'에 불과할 수밖에 없다는 주장에 동의하며, 그 동의의 실천을 지향해 왔다.

지금도 그런가? 아니다. 이젠 생각이 좀 달라졌다. 나는 앞서 어떤 주제에 대해 책을 쓸 때엔 관련 책과 기타 자료들을 구할 수 있는 한 모두 다 구해서 읽어보는 버릇을 '못된' 버릇이라고 했는데, 이젠 그 버릇마저 버리기로 했다. 책 쓰기 관련 책은 이미 수백 권을 사들여 다 읽어보았지만, 꼭 필요한 것만 빼고 가급적 인용하지 않기로 했다.

아는 사람은 잘 알겠지만, 나의 '못된' 버릇은 이만저만 힘든 일이 아니다. 돈도 많이 들고 시간과 노력을 얼마나 잡아먹는지 내심 "이럴 시간에 내 생각이나 더 말하는 게 훨씬 나을 텐데……" 하는 생각을 한두 번 한 게 아니다. 그런 생각을 하면서도 왜 그런 '미련한' 일을 계속해왔던가?

나는 그 이유를 글로 쓴 적이 있는데, 지방 언론을 예로 들어 다시 말씀드려 보겠다. 매년 지방 언론 관련 세미나가 전국적으로 수십 차례 열린다. 작은 세미나들까지 합하면 수백여 개에 이를 것이다. 나는 그런 세미나에 수십 번 참석하면서 매번 놀란다. 이전에 나온 주장들을 참고하지 않고 비슷한 이야기를 다시 새롭다는 듯 하는 게 아닌가. 물론 어느 정도 구색을 맞추기 위해 이전의 주장들을 몇 개 소개하는 경우도 있긴 하지만, 그건 턱없이 모자라고 부실한 것이었다. 그러다 보니 한 걸음 더 나아가는 진전이 없고 늘 제자리걸음이다.

지방 언론 관련 세미나라는 게 의례적儀禮的인 성격이 강해서 빚어진 일이긴 하다. 학술 논문은 선행 연구들을 검토하는 걸 엄격하게 요구하니까 말이다. 나는 논문이라는 형식에 대해 다소 냉소적이긴 하지만 선행 연구 검토는 절대적으로 지지하기에, 대학원생들의 논문 심사를 할 때엔 어김없이 그 점을 지적한다. 논문을 쓴 대학원생보다 부지런하게 관련 주제의 선행 연구들을 찾아내 "이건 중요한 논문 같은데, 왜 이걸 빠트렸느냐?"고 추궁한 게 한두 번이 아니다.

나는 논문 쓰기건 잡글 쓰기건 선행 연구(또는 생각)를 검토하는 건 기본적인 윤리인 동시에 더 나은 논문이나 글을 만들기 위한 필수 조건이라고 생각해왔다. 내가 생각하기에도 그건 좋은 생각이긴 하지만, 과연 일반 대중을 대상으로 한 책에서도 그게 좋은 생각일까? 게다가 그런 노력의 결과가 좋은 말을 듣기보다는 좋지 않은 말을 듣게 된다면, 굳이 그렇게까지 해야 할 이유가 무엇이란 말인가?

그런데 왜 갑자기 그런 생각을 하게 되었나? 이 책의 본문에 있는 "인용은 강준만처럼 많이 하지 마라"는 제목의 글을 쓰면서 하게 된 생각이다. "나는 반면교사反面敎師를 위한 산 증인이다"라는 말을 하면서 순간 이런 생각이 들었다. "아니 반면교사가 이런 책은 왜 쓰지? 왜 나는 남에게 권할 수 없는 걸 하지?" 나는 그간 내 나름으론 '과잉 인용'에 대한 충분한 이유가 있었지만, 그 의문 하나에 새삼 내 글쓰기를 돌아보게 되었다.

오래전부터 '과잉 인용'이라는 비판을 받으면서도 내가 그걸 바꾸지 않은 이유는 "인용 없이 쓰는 게 내겐 훨씬 쉽고 '싸게' 먹힌다"는 자신감이었지만, 그걸 누가 알아주나? 아니 독자에게 그게 무슨 의미가 있단 말인가? 나는 독자들이 주는 인세 덕분에 책을 많이 사볼 수 있는 특권을 누리면서 살아간다. "독자들이 이 많은 책을 다 읽을 수는 없을 테니, 내가 대신 읽고 핵심 메시지만 전해주겠다"는 뜻으로 부지런히 인용을 해댔지만, 독자들이 원한 건 그게 아니었다.

나의 글쓰기 방식에 대해 내가 나름 내린 진단은 '메시지 중독증'이었다. 적잖은 세월 동안 '성역과 금기에 도전하는 글쓰기'

를 하면서 갖게 된 버릇이었다. 성역과 금기에 도전하는 메시지의 가치가 다른 모든 가치를 압도한다고 믿은 것이다. 그런데 그 버릇이 성역과 금기에 도전하지 않는 유형의 글쓰기에까지 나타났으니, 이런 비극이 없다.

독자는 아무리 실용적인 목적으로 어떤 책을 읽더라도 책을 하나의 완전체 작품으로 간주해 글의 메시지 못지않게 스타일을 중시하고 저자의 캐릭터나 퍼스낼러티에 큰 의미를 부여하면서 독서 행위 자체를 즐기려는 성향을 갖고 있기 마련이다. 미국 소설가 스티븐 킹Stephen E. King, 1947~의 『유혹하는 글쓰기』가 "작법서를 가장한 자서전 혹은 자기 자랑에 가까운 책"임에도,[1] 꾸준히 많이 팔리는 스테디셀러가 된 것도 바로 그런 이유 때문일 게다.

나는 일반 독자들이 '책'에 대해 갖고 있는 이런 생각을 모르는 건 아니었지만, '메시지'를 앞세워 오만하거니와 미련했다. "검은 고양이든 흰 고양이든 쥐만 잘 잡으면 된다"는 덩샤오핑鄧小平, 1904~1997의 흑묘백묘론黑猫白猫論을 글쓰기에까지 적용한 만용이었다. 내가 세계적으로 저명한 학자라면 어떤 식의 글쓰기를 하건 그건 나만의 고유한 스타일이 되겠지만, 유감스럽게도 나는 그런 사람이 아니다. 이 글을 쓰는 지금 "아니 인간이 이렇게 어리석고 뻔뻔할 수가 있나?"라는 생각에 웃음이 터져나온다.

나의 '메시지 중독증'은 과유불급過猶不及의 차원에서 문제였을 뿐, 메시지가 중요하다는 데엔 누구나 다 동의할 것이다. 내가 이전에 썼던 글쓰기 책들의 차별성은 '메시지' 중심이라는 데에 있었다. 글쓰기는 크게 2가지로 나눌 수 있다. 스타일 중심의 글쓰기와 메시지 중심의 글쓰기. 내 글은 스타일에 약하고 '메시지 실용주의'에 경도되어 있다.

나는 '스타일'은 가르칠 자격이 없는 사람이다. 내가 이 책에서 말하는 글쓰기는 '글쓰기로 세상 보기'를 하자는 것으로 '생각' 중심이다. 수년간 전북대학교 학생들을 대상으로 한 '글쓰기 특강'을 해오면서 내가 가장 소중하게 생각한 건 '글쓰기로 세상 보기'의 가치를 믿게 되었다는 점이다.

나는 '글쓰기 특강'을 할 때에도 더불어 같이 공부한다는 점을 강조했다. 그건 괜한 겸양이 아니라 정말 그랬다. 나의 특강 방식은 학생들이 미리 쓴 글을 모든 학생이 공유하면서 서로 이야기하는 방식이었다. 물론 나의 '지적질'이 특강 시간의 많은 부분을 차지하긴 했지만, 독자로서 내 생각을 말하는 방식이었을 뿐 그 어떤 '권위'도 내세우지 않았다. 나는 학생들에게서 많이 배웠다. 나도 잘 모르고 지키지 못하는 것들을 내게 반복해 말하는 자기 공부의 과정이기도 했다. 물론 학점 없이 자발적으로 모인 비정규 과목이었기에 가능한 일이었겠지만 말이다.

그렇게 권위 없는 '글쓰기 강사'였음에도 내가 이 책을 쓰게 된 건 학생들의 '호평' 덕분이다. 내 앞에서 해주는 호평은 학생들의 예의바름을 감안하고 들어야겠지만, 너무 힘이 들어 '글쓰기 특강'을 쉬는 동안 "언제부터 다시 할 거냐?"고 채근하는 학생이 많았다는 점은 믿을 만했다. 한 걸음 더 들어가 구체적으로 말하자면, 다음과 같은 3가지 이유에서다.

첫째, 대부분의 글쓰기 책이 스타일 중심의 글쓰기에 대해 말하고 있기 때문이다. 메시지 중심의 글쓰기 책은 '범람'이 아닌 '가뭄' 상태다. 그래서 내가 할 말이 좀 있지 않겠느냐는 생각을 하게 되었다.

둘째, 대부분의 글쓰기 책이 구체적으로 어떤 독자들을 겨냥한 것인지 그게 영 불분명했기 때문이다. 사람마다 글을 쓰는 목적이 다르고 능력의 수준 차이가 매우 큼에도 모두를 다 껴안겠다는 박애주의를 보이는 건 독자들에게 혼란을 초래할 수 있지 않을까? 문학적 글쓰기에 좋은 것이 실용적 글쓰기에도 좋을까? 일반적인 독자에게 전문 문인들 사이에서나 통용될 법한 조언을 해주는 게 바람직할까? 모든 글쓰기는 다 한길로 통하는가? 그런 점도 있겠지만, 그렇지 않은 점도 많다. 이 책은 나의 '글쓰기 특강'의 연장선상에 있는 것으로, 주로 시사적 문제에 대한 논증형 글쓰기(주장과 근거로 이루어진 사설이나 칼럼 등과 같은 저널리즘 글쓰기) 공부를 하려는 대학생들을 주요 대상 독자로 삼는다.

셋째, 대부분의 글쓰기 책이 예외 없이 글은 어떻게 써야 한다는 규칙과 법칙을 말하는 식으로 확언을 하고 있기 때문이다. 당연하다. 말끝마다 "~인 것 같다"고 말하는 강사를 누가 좋아하겠는가. 우리는 자신감 넘치는 강사나 저자를 원하는 것이지, 무기력하게 보이는 강사나 저자를 원치 않는다. 그래서 나 역시 각 글마다 감히 명령조의 제목을 붙였음을 실토한다. 그럼에도 제기하고 싶은 의문이 있다. 과연 글쓰기에 그 어떤 규칙이나 법칙이 있는 건가? 공식적인 규칙이 존재하는 맞춤법만 하더라도 '짜장면'처럼 언중言衆이 원하면 '틀렸다'에서 '맞다'로 바꾸는 법인데, 어찌 지식 엘리트가 바람직하게 여긴다고 해서 그게 곧 규칙이나 법칙이 되어야 한단 말인가?

나는 이 머리말의 제목에서 '불구하고'라는 표현을 썼는데, 많은 책이 이 표현을 쓰지 말 것을 강하게 역설하고 있다. 내 생각은 다르다. 소통은 다수가 익숙하거나 편하게 생각하는 것을 존중하는 다수결의 원칙을 따를 수밖에 없다. 다수결이 무조건 옳다는 뜻은 아니다. 다수가 '다르다'와 '틀리다'를 구분하지 않고 쓰고 있지만, 이는 바로잡는 게 좋다고 생각한다. 하지만, 외국어 (주로 일본어와 영어)의 영향을 받았다거나 간결하지 않은 표현이라고 해서 그걸 쓰면 안 된다는 식으로 규칙화하는 것엔 동의하기 어렵다. 나는 심지어 전문가들이 모두 규탄하는 "~인 것 같다"라는 표현에 대해서도 생각을 달리한다. 확신과 단정적인 어법은 소통의 적이라고 보기 때문이다.

홍미로운 건 그렇게 많은 글쓰기 책이 나왔는데도 상호 논쟁이나 어떤 주장에 대해 다른 생각을 말하는 책이 매우 드물다는 점이다. 다른 글쓰기 책을 많이 읽지 않았거나 남의 말을 인용해야 하는 게 싫어서 그랬을까? 어떤 이유에서였건, 나는 글쓰기를 가르치는 분들이 참 점잖구나 하는 생각을 많이 했다. 그런 점에선 이남훈의 『필력』을 비롯해 몇몇 책이 예외였는데, 이는 본문에서 자세히 이야기하겠다. 직접적인 논쟁은 하지 않았지만, 수많은 책을 읽다보니 저자들끼리 다소 상충되는 의견들도 제법 있었다. 이 또한 본문에서 다루면서 독자 스스로 판단할 수 있도록 하겠다.

글쓰기는 설득이다. 그럼에도 심리학자와 언론학자들은 글쓰기 책 집필에 본격적으로 뛰어들지 않는다. 나는 평소 그 점을 안타깝게 생각했기에 이 책을 통해 '설득의 심리학'과 관련된 주제를 많이 다룸으로써 그런 아쉬움도 해소해보려고 노력했다. 이 책이 '범람'에 물 한 바가지 보태기보다는 '가뭄'을 해소하는 데에 도움이 되는 물 한 바가지가 되길 기대한다.

2018년 10월

강준만

차례

제2장 .... 태도에 대하여

제1장
마음에 대하여

작가들이 말하는
'글쓰기 고통'에 속지 마라

!

"글쓰기는 마조히즘이다. 모든 다른 범죄처럼 처벌받아야 하는, 자신을 향한 범죄다." 프랑스 소설가 시도니 콜레트Sidonie-Gabrielle Colette, 1873~1954가 '글쓰기의 고통'과 관련해 한 말이다. 이렇듯 전문 작가들은 '글쓰기의 고통'에 대해 격렬한 언어로 말한다. 워낙 글을 잘 쓰는 분들인지라 고통을 묘사하는 것도 드라마틱하다. 이분들이 지옥에 가 계신 게 아닌가 하는 생각이 들 정도로 그 고통이 정말 심한가 보다. 하지만 이런 발칙한 의문을 갖는 사람들도 있을 법하다.

어떤 직업에 종사하는 사람이건 그 정도의 고통은 있는 게 아닐까? 창작의 고통이 아무리 심하다 한들, 자신이 몸담고 있는 조직에서 생존을 위해 비굴해져야 하는 직장인의 고통보다 심하다고 말할 수 있을까? 게다가 문인들의 고통은 강요당한 것이라기보다는 자발적으로 택한 것임에도 그렇게 고통스럽다고 외쳐대도 되는 걸까? 혹 이게 바로 이른바 '고립적 지어 숭배를 조장하는 글쓰기 도취'는 아닐까?

폴 오스터Paul Auster, 1947- 는 글쓰기의 고통을 말하면서 글쓰기를 누구에게도 권하고 싶지 않다고 말한다. 그러면서도 그는 글을 쓰는 게 너무 행복하단다. 오스터만 그러는 게 아니다. 글쓰기의 고통을 말하는 문인들이 모두 그런 식이다. 글 쓰는 게 행복해 죽겠다면서도 동시에 너무도 고통스럽다고 아우성쳐대니 이걸 어찌 이해해야 할까? "밑지면서 판다"고 주장하면서도 많이 팔릴 수록 좋아하는 상인과 무엇이 다를까? 너무 발칙한 비아냥 아니냐고 생각할 독자가 있을지도 모르겠다. 나 역시 악역을 맡아 그런 의문을 제기했을 뿐, 이런 발칙한 의문에 동의하지 않는다는 걸 알아주시기 바란다.

나는 글쓰기의 고통을 발설하는 건 문인들의 특권이라고 생각한다. 우리 인간은 이야기 없인 살 수 없는 '호모 픽투스Homo fictus', 즉 '이야기하는 인간'이기 때문이다. 인간의 일용할 양식인 이야기를 주무르는 사람들에게 그런 정도의 특권이 없대서야 말이 되겠는가. 각 직업마다 나름의 특권은 있기 마련이다. 교사와 교수에겐 방학 기간 쉴 수 있는 특권이 있듯이 말이다. 물론 그 어떤 특권도 없이 혹사만 당하는 비정규직 저임 노동자들을 생각하면 그런 특권을 옹호하는 게 마음에 걸리긴 하지만, "작가들이 말하는 '글쓰기 고통'에 속지 마라"고 주장하는 내 처지도 헤아려 주시기 바란다. 나는 작가들의 그런 특권을 인정하면서도 '글쓰기의 고통' 담론이 유발하는 '의도하지 않은 결과'에 주목한다.

우리는 문학적 글쓰기를 글쓰기의 최고로 여기지만, 그로 인한 문제가 없지 않다. 소설가 장정일은 "특정 장르의 문학이 글쓰기의 피라미드 가장 높은 꼭대기에 좌정하고 있으면서 그 외의 글쓰기를 억압하는 사회"를 비판한다. "문학이 너무 강한 사회는 온갖 사회적 의제와 다양한 글감을 문학이란 대롱으로 탈수해버린다"는 이유에서다.

장정일은 이른바 '문학적 글쓰기 패권주의'라고 부를 수 있는 현상을 고발한 셈인데, 그의 용기와 자기 성찰이 놀랍다. 나는 평범한 문학 문외한으로서 문학이 글쓰기의 정상을 차지하고 있는 것에 아무런 불만이 없다. 다만 문학에 경외감을 갖고 있는 보통 사람들이 논픽션 글쓰기를 하면서도 글쓰기의 준거점을 자꾸 문학으로 삼는 것에 문제의식을 갖고 있을 뿐이다. '글쓰기의 고통' 담론은 인터뷰 등과 같은 문인 관련 기사에 빠지지 않고 등장하기 때문에 문인이 아닌 보통 사람들에게도 널리 알려져 있는 이야기다. 나는 이런 이야기들이 그렇잖아도 글쓰기에 자신이 없는 보통 사람들에게 악영향을 미치고 있다고 생각한다.

막연한 짐작으로 하는 말이 아니다. 통계적으로 유의미한 수치를 댈 수는 없지만, 내 주변에서 그런 학생을 많이 보았다. 무슨 대단한 문학작품을 보여달라고 요구하는 것도 아니고, 시사적인 문제나 신변잡기라도 좋으니 A4 용지 1~2장 분량으로 글을 써보라는 요청에도 미적거리며 손사래를 치는 학생이 많다. 자신이 무슨 정상급 문인이라도 된 것처럼 글쓰기의 어려움을 큰 고통이나 되는 것처럼 과장해 말하는 경향이 있더라는 것이다.

내가 누군가. 나는 반드시 원인을 파헤쳐야 직성이 풀리는 사람이다. 글쓰기의 고통을 느껴보기도 전에 그 고통을 말하는 이유가 뭔가? 양파 껍질 벗기듯이 추궁을 해보았더니, 문인들이 말하는 '글쓰기의 고통'이 적잖은 영향을 미치고 있었다. 그럴 때마다 내 답은 한결같다. "뱁새가 황새 따라가다 가랑이가 찢어진다." 딱 들어맞는 속담은 아니지만, 뱁새가 준거집단을 황새로 두면 불행해진다는 점에선 통하는 말이다.

그래선 안 된다. 작가들이 말하는 '글쓰기 고통'에 속지 마라. 그런 고통의 토로에 속아넘어가 자신이 글쓰기를 한사코 피하는 이유의 면죄부로 삼지 말라는 것이다. 심리학적으로 말하자면, 자신의 자존심을 유지하기 위해 실패나 과오에 대한 자기 정당화 구실을 찾아내는 이른바 '구실 만들기 전략self-handicapping strategy'을 쓰지 말라는 이야기다.[1]

전문적인 문인과 보통 사람은 무엇보다도 글을 쓰는 이유가 다르다. 문인들이 글을 쓰는 이유를 밝힌 걸 보면 '글쓰기의 고통'을 토로하는 것 이상으로 현란하다. 이 세계, 아니 온 우주를 책임지려는 듯한 기개가 엿보인다. 그래서 그들은 고통스러운 것이다. 애초부터 도달하기 어렵거나 불가능한 목표를 잡으니 어찌 고통스럽지 않을 수 있겠는가. 그런데 누가 보통 사람에게 그런 요구를 했단 말인가?

일반 대중은 작가에 대한 환상을 갖고 있기 마련이고, 작가는 그런 수요에 부응해야 한다. 글을 쓰는 이유와 고통도 그런 수요와 공급의 법칙에 따라 부풀려지기 마련이다. 모든 글쓰기 책이 이구동성으로 "솔직하게 써야 한다"고 외쳐대지만, 작가가 솔직하게 말하면 위험하다. 영국 소설가 앤서니 트롤럽Anthony Trollope, 1815~1882은 자기 작품에 가장 좋은 원고료를 받기 위해 신경 썼다고 고백한 탓에 30년 동안 읽히지 않았다. 많은 세월이 흘렀지만, 이런 '환상의 법칙'은 건재하다.

그러나 누가 평범한 당신에게 환상을 갖고 있단 말인가? 우리 모두 어깨에 힘을 빼고 가볍게 접근하자. 그러면 글쓰기가 즐거워진다. 『치유하는 글쓰기』의 저자인 박미라는 "글을 잘 쓰려면 ~해야 한다"는 원칙이나 원리를 버리고서야 비로소 글 쓰는 일이 행복해졌다고 말하는데, 실제로 나는 그런 사람을 주변에서 많이 보았다. 당신이 글쓰기 능력에서 평범한 중하층에 속하는 사람이라면 문인들의 '글쓰기 고통'과 더불어 문학적 글쓰기를 표준으로 삼은 글쓰기 원칙은 당신과는 거리가 먼 상류층의 세계에서 통용되는 것임을 잊지 말아야 한다.

그런 자세를 갖고 아무리 힘을 빼도 글쓰기가 여전히 고통스럽다고 느끼는 사람이 있다면, 글쓰기에 임하는 자신의 자세를 살펴볼 일이다. 혹 일반적인 글쓰기에서조차 창작자가 되려는 과욕을 부리는 건 아닌가? 나는 '창작자'가 아닌 '편집자'의 자세를 가지라고 말하고 싶다. 물론 윤리적인 편집자다.

보통 사람들이 느끼는 글쓰기의 고통은 과욕에서 비롯된다. 처음부터 자신이 모든 걸 다 만들어내겠다니, 그 얼마나 무모한 욕심인가. 윤리적이고 겸허한 편집자의 자세를 갖게 되면 당연히 많이 읽고 생각해야 할 필요를 느끼게 된다. 중요한 것은 '창조는 편집'이라는 것을 흔쾌히 인정하는 마음이다.[2] 이에 대해선 나중에 다시 자세히 말씀드리겠지만, 여기에서 내 메시지는 간단하다. "작가들이 말하는 '글쓰기 고통'에 속지 마라. 스스로 자기 자신을 속이지도 마라. 눈높이를 낮추면 '글쓰기의 고통'은 '글쓰기의 즐거움'이 된다."

구어체를 쓰지
말라는 말을 믿지 마라

나는 앞서 우리 모두 어깨에 힘을 빼고 가볍게 접근하자고 했다. 이게 무슨 말인가? 우리는 어떤 경우에 어깨에 힘이 들어가는가? 많은 사람 앞에 나설 때다. 친구들과의 자리에선 온갖 수다를 떨면서도 많은 사람 앞에 나서면 다리가 후들거리고 입에 침이 마른다고 말하는 사람이 많다. 글쓰기도 마찬가지다. 내 글을 많은 사람이 읽을 거라고 생각하기 때문에 도무지 진도가 나가지 않는 것이다.

쉽게 생각해보자. 친구들과 만나 수다를 떨 때 고통을 느끼는 사람이 있는가? 없을 게다. 글쓰기의 고통은 너무 폼을 잡고 어깨에 힘을 주기 때문에 생겨나는 것이지, 마음을 비우고 일상의 상황으로 돌아가면 존재하지 않는 것이다. 수다를 떨 듯이 글을

28

써보자. 말하듯이 입으로 쓰자는 것이다.

글을 그렇게 가볍게 생각해도 좋으냐는 반론이 있다. 아주 오래된 반론이다. 아르투어 쇼펜하우어Arthur Schopenhauer, 1788~1860는 평상시 이야기하는 투로 글을 써서는 안 된다고 역설한 대표적 인물이다. "글은 어떤 경우에도 비문에 새겨진 문체의 모습을 어느 정도 갖춰야 한다. 비문에 새겨진 문체야말로 모든 문체의 조상이기 때문이다." 이런 주장에 대해선 그냥 웃으면 된다. 도대체 언제적 이야긴가? 글이 귀하던 시절, 엘리트가 글을 독점하던 시절의 이야기일 뿐이다.

구어체口語體는 구어를 사용하여 글로 쓴 문장 양식으로 문어체文語體와 대응하는데, 문어체는 구어체와는 달리 진입 장벽이 높다. 문어체의 구사는 교육을 많이 받은 사람일수록 유리하다. 글은 문어체로 써야 한다는 규칙이 존재하는 순간 교육 수준이 낮은 사람은 아무리 말을 잘한다 해도 글쓰기는 자신과는 거리가 먼 전혀 다른 세계로 인식하게 된다.

앙리 르페브르Henri Lefebvre, 1901~1991는 "말이 글로 되었을 때부터 억압은 시작되었다"고 했는데, 이는 문어체 글쓰기가 기존 계급 질서를 공고히 하는 구별짓기의 수단으로 활용되었음을 말해주는 것이다. 수다는 남녀를 막론하고 떠는 것임에도, 과거에 여성의 말이 수다로 폄하되면서 공론장에 진입할 수 없었던 것도 그런 역사를 잘 말해준다.

비슷한 교육 수준을 갖고 있는 사람들 중에서도 글쓰기에 자신이 없는 사람은 문어체가 요구하는 까다로운 규칙에 질려 글쓰기를 멀리하게 된다. 참 묘한 일이다. 말하듯 글을 쓰면 술술 쓸 수 있는 사람들에게 말하듯 글을 쓰면 안 된다고 겁을 줘서 글쓰기에서 멀어지게 만드는 게 도대체 누구를 위한 일이란 말인가?

게다가 디지털 미디어를 통한 글쓰기가 서로 얼굴을 마주 보고 이야기하는 것마저 대체하는 추세가 강화되고 있는 상황에서 구어체 스타일의 글쓰기는 문어체에 비해 훨씬 더 큰 힘을 발휘할 수 있다.[3] 그럼에도 구어체를 멀리하라니, 이 무슨 시대착오적인 말씀이란 말인가.

구어체를 싫어하는 사람들은 "구어체는 경솔하고, 천박하고, 함축이 없고, 심오함이 없어 배설에 불과하다"고 생각한다.[4] 그걸 취향의 문제로 여겨 존중해줄 수도 있겠지만, 그 바탕엔 알게 모르게 '글 엘리트주의'가 자리 잡고 있다. 구어체 지지자라고 해서 구어체의 문제를 모르는 게 아니다.

내 생각엔 말은 '메라비언의 법칙Rule of Mehrabian'의 지배를 받는다는 게 가장 큰 문제다. 심리학자 앨버트 메라비언Albert

Mehrabian, 1939~이 제시한 이 법칙은 상대방에 대한 인상이나 호감을 결정하는 데 목소리(목소리의 톤이나 음색)는 38퍼센트, 보디랭귀지(자세·용모와 복장·제스처)는 55퍼센트의 영향을 미치는 반면, 말하는 내용은 겨우 7퍼센트만 작용한다는 법칙으로, 대화에서 언어보다는 시각과 청각 이미지가 중요시된다는 커뮤니케이션 이론이다. '7:38:55 법칙'이라고도 한다.[5]

글은 나중에 독자를 만날망정 쓰는 순간은 철저히 '나 홀로' 작업인 반면, 말은 바로 앞에 상대를 두고 하는 쌍방적 커뮤니케이션 행위다. 글로 옮길 수 있는 말의 내용이 소통의 효과에서 차지하는 비중이 7퍼센트에 불과하다는 것은 말 또는 구어체 문장이 갖고 있는 원초적 한계를 시사하는 것이다.

하지만 말하듯이 쓴다고 해서 말을 그대로 글로 옮기면 된다는 뜻이 아니다. 구어체에서 자주 나타나는 불명확한 표현이나 중복 표현 등과 같은 것을 걷어내고, 어휘의 빈곤과 말의 한계를 글로 보완하는 등 최소한의 양식은 문어체를 따라야 한다는 건 두말할 나위가 없다. 이 수준에서 손을 보는 것은 누구나 다 할 수 있다.

지금 나는 모든 글을 다 말하듯이 쓰면 된다고 주장하는 것도 아니다. 일반적으로 구어 문화와 문어 문화엔 각기 장단점이 있으므로 어느 것이 더 낫다고 단언하긴 어렵다. 구어와 문어 사이의 균형이 바람직하다. 내가 하고자 하는 말은 "구어체를 쓰면 안 된다"는 식의 규칙은 존재할 수 없으며, 설사 그렇게 주장하는 사람이 있다 하더라도 그걸 따를 필요는 없다는 것이다. 글쓰기를 어려워하는 초심자에겐 더욱 그렇다.

나는 학생들에게 "구어체는 관리의 대상이지 폐기의 대상이 아니다"고 역설해왔다. 구어체 글쓰기를 지지하면서도, 누군가의 평가를 받아야 하는 학생으로선, 그리고 논증형 글쓰기에선, 가급적 구어체는 자제하는 게 좋다는 뜻으로 한 말이다. 언론고시를 준비하는 학생들은 글로 먹고사는 신문사보다는 말로 먹고사는 방송사가 구어체에 더 열린 자세를 갖고 있다는 것도 알아둘 필요가 있겠다.

학생들이 '엄청'이라는 단어를 즐겨 쓰는 건 아무래도 구어의 영향인 것 같다. 예컨대, 어느 학생은 "지금까지 인류가 창조해낸 문화는 엄청날 것이다"라고 했는데, 이런 표현은 엄청나게 바람직하지 않다. 좀더 구체적으로 정교하게 표현하는 게 바람직하다.

구어체에 따라붙는 건 속어의 무분별한 사용이다. 한 학생은 텔레비전 토론 프로그램에 대해 논하면서 "자신의 '말빨'을 자랑하는 이기주의적 향연"이라고 했으며, 또 다른 학생은 한일 관계를 다룬 글에서 일본의 행태를 거론하면서 "또다시 뒤통수를 맞게 생겼으니 참 미치고 팔짝 뛸 지경이다"라고 했다. '〈PD수첩〉 파동'을 다룬 글들에선 "〈PD수첩〉이 죽일 놈이 될 수도 있고", "〈PD수첩〉은 오버하고 있다", "'오버'는 이제 그만하고 정도를 지키는 〈PD수첩〉의 본연의 자세를 기대한다" 등의 표현이 나왔다. 또 어떤 학생은 "인성교육진흥법은 싸가지 없는 법이다"고 했다.

'말빨', '뒤통수', '미치고 팔짝 뛸', '죽일 놈', '오버', '싸가지' 등은 모두 피해야 할 속어다. 속어는 인용 등의 간접적인 방식으로 사용할 수는 있지만, 그 경우에도 논의 중인 사안과 직접적인 관련이 있어야 한다. '속된 말로'라는 제한 조건을 붙여 사용할 수도 있지만, 꼭 필요한 경우에 국한해야 한다.

속어를 사용하는 심리는 글을 쓰는 이의 후련한 느낌을 위해서일 가능성이 높다. 물론 독자들도 그런 느낌을 가질 수 있다. 나는 속어를 즐겨 쓰며 이 책에서도 그렇게 하고 있지만, 평가를 받아야 하는 논증형 글쓰기에선 '감정적 대응'을 하고 있다는 느낌을 줄 수 있으므로 자제하는 게 좋다.

구어체는 때로 글의 맛을 살릴 수 있지만 관리가 필요하다.

물론 그 관리는 구어체 사용 마인드까지 포함한다. 그런 관리의 어려움 때문에 "구어체를 쓰면 안 된다"고 하는 게 아니냐는 반론도 가능하겠지만, '폐기'와 '관리'는 천양지차天壤之差다. 글쓰기가 너무 힘든 사람들은 일단 말하듯이 쓰기 바란다. 그리고 나서 다듬는 게 낫지, 처음부터 구어체를 쓰지 말라고 윽박지르는 건 옳지 않다는 게 내 주장이다.

생각이 있어 쓰는 게 아니라
써야 생각한다

······
·······!

우리 인간은 슬프기 때문에 울고, 무섭기 때문에 떤다. 당연하게 여겨지는 이 상식에 대해 심리학자 윌리엄 제임스William James, 1842~1910는 이의를 제기하고 나섰다. "울기 때문에 슬프고, 떨기 때문에 무섭다"고 하는 것이 합리적인 설명이라는 것이다. 달리 말하자면, 감정은 순전히 몸에서 기원하는 본능적인 것이지 정신에서 기원하는 인지적인 것이 아니라는 이야기다. 이게 바로 제임스가 1884년에 발표한 '감정 이론theory of emotion'의 핵심 내용이다.

제임스는 이 이론의 연장선상에서 "그런 척하기 원칙As If principle"이라는 걸 제시했다. "어떤 성격을 원한다면 이미 그런 성격을 가지고 있는 사람처럼 행동하라"는 것이다. 이는 달리 말해 감정이 행동을 만들기보다는 오히려 행동이 감정을 만든다는 점

을 강조하기 위한 것으로 볼 수 있다.[6]

이 이론을 글쓰기에 곧장 적용할 순 없지만, "울기 때문에 슬프고, 떨기 때문에 무섭다"는 말의 취지만 활용하자면 이런 결론이 가능해진다. "생각이 있어 쓰는 게 아니라 써야 생각한다." 파블로 피카소Pablo Picasso, 1881~1973는 "그리고자 하는 것이 무엇인지를 알려면, 일단 그리기 시작해야 한다"고 했는데, 같은 이치다. 롤프 도벨리Rolf Dobelli, 1966~는 "최상의 아이디어는 생각할 때가 아니라 글을 쓸 때 온다"고 했는데, 이 또한 마찬가지다.

미국 하버드대학에서 20년간 글쓰기 프로그램을 운영한 교수 낸시 소머스Nancy Sommers는 하버드대학 신입생들의 글쓰기 경험을 조사한 연구에서 학생들은 "글쓰기가 깊이 있는 생각을 하게 했다"며 "짧은 글이라도 매일 쓰라. 그래야 비로소 생각하게 된다"고 밝혔다.

숭실대학교 문예창작과 겸임교수 남정욱은 소머스의 조언에 이런 반론을 제기한다. "맞는 말이지만 다는 아니다. '하버드'생들에게나 그렇다는 얘기다. 그 방법은 어느 정도 지력을 갖춘 사람에게나 해당되는 것이고 그렇지 않은 사람은 일단 읽어야 한다(아는 게 없는데 쓰긴 뭘 써). 읽어야 쓰고 그때서야 비로소 생각하게 된다. 결국 독서다."

남정욱의 말도 맞는 말이지만, 다는 아니다. 경험은 살아 있는 책이기 때문에 책을 많이 읽지 않은 사람이라도 경험이 풍부하다면 얼마든지 좋은 글을 쓸 수 있다. 글을 쓰는 사람이라면 누구든 경험했겠지만, 어떤 생각을 갖고 글을 쓰더라도 글을 쓰면서 생각이 달라지는 경우가 있다. 이는 글쓰기를 함으로써 깊이 있는 생각을 하게 되었다는 걸 의미한다.

뭘 알아서 쓰는 게 아니라 쓰면서 뭘 알게 된다. 이건 내가 매일 겪는 경험이라 자신 있게 말할 수 있다. 글을 쓰기 전 이미 어떤 구상을 해놓고 써내려간다. 머릿속에선 전혀 문제가 없는 멋진 아이디어였다. 그런데 글을 쓰다 보면 중간에 막힌다. 내 주장의 근거가 부실하다는 걸 깨닫기도 하고, 더 중요한 건 이게 아니라 저게 아닌가 하는 생각을 할 때도 있다. 그러면 다시 고쳐 써야 한다. 나는 뭘 알아서 쓴다고 생각했지만, 정반대로 쓰면서 알던 것과는 다른 걸 알게 된 셈이다.

그런데 흥미롭게도 글쓰기를 어려워하는 학생들 중 일부도 이걸 어렴풋하게나마 잘 알고 있었다. 생각이 있어 쓰는 게 아니라 써야 생각한다는 것을 알기 때문에 오히려 글쓰기가 어렵다는 이야기였다. 달리 말하자면, 생각을 요구하는 글쓰기가 싫다는 것이다. 제법 그럴듯한 변명이었지만, 나는 웃으면서 이렇게 반문하는 걸로 답을 대신했다. "생각하는 게 귀찮다? 왜 사니?"

농담으로 한 말이었지만, 뼈가 있는 농담이었다. 너나 할 것 없이 글쓰기가 중요하다고 해서 글쓰기를 공부해볼까 하는 마음은 있지만, 생각하는 게 귀찮은 사람까지 글쓰기의 세계로 인도할 수는 없는 일이다. '글쓰기의 즐거움' 이전에 '생각하기의 즐거움'까지 가르쳐야 한다면, 나중엔 '삶의 즐거움'까지 가르쳐야 하는 게 아닌가? 물론 자살을 생각하는 사람들에겐 그런 가르침도 꼭 필요하겠지만 말이다.

'글쓰기의 고통'은 사실 '생각하기의 고통'이다. 하지만 그 고통은 아무런 보상이 없는 고통은 아니다. 때로 생각하기는 고통스러울망정 그 고통은 쾌락의 근원이 되기도 한다. 생각하는 게 오직 고통스럽기만 하다면 교육은 지속될 수 없었을 것이다. 공부하는 게 고통스러우면서도 공부를 통해 모르던 걸 알게 되고, 생각을 통해 배운 지식을 확장시키는 기쁨이 있다는 이야기다.

공부와 관련된 생각만이 생각의 전부는 아니다. 공부와는 담을 쌓은 낙제생도 자신이 좋아하는 일을 할 때엔 비상한 사고력을 발휘한다는 걸 우리는 잘 알고 있지 않은가. 아니 사랑에 빠졌을 때 생각하지 않는 사람이 있는가? 시인 정채봉은 "너를 생각하게 하지 않는 것은 이 세상에 없어. 너를 생각하는 것이 나의 일생이었지"라고 노래했다. 모래알 하나를 보고도, 풀잎 하나를 보고도 너를 생각했다는 것이다. 좀 오글거리긴 하지만, '생각'에 대해 다시 한번 생각해볼 기회를 주는 시라고 할 수 있겠다.

우리의 삶 자체가 생각하기의 연속이라고 해도 과언이 아니다. 글을 쓴다는 것은 공부의 다른 이름이 아니다. 자신의 삶에 대해 생각하는 것이다. 성공은 둘째치고, 남에게 피해를 주지 않는 삶을 살기 위해서라도 생각은 필요하다. "사람은 생각하며 살아야 한다. 그렇지 않으면 사는 대로 생각하게 된다"는 말을 잊지 말자.

공부가 습관이듯이, 생각도 습관이다. 당신이 공부하는 습관을 가져본 적이 없다고 해서 생각하는 습관도 갖기 어려울 거라고 속단하지 마라. 당신은 이미 당신이 좋아하는 일에선 지나칠 정도로 많은 생각을 하고 있지 않은가. 글쓰기는 공부가 아니다. 어떤 삶이건 당신의 삶에서 당신이 주도권을 갖겠다는 의지의 표현이다. 고로, 글쓰기는 자기 사랑이다.

조지 오웰George Orwell, 1903~1950은 생계 때문인 경우를 제외하고 글을 쓰는 동기를 '순전한 이기심', '미학적 열정', '역사적 충동', '정치적 목적' 등 4가지로 제시했지만, 이건 글쓰기가 지금처럼 중요하지 않았던 시절의 이야기다. 당신은 다섯 번째 동기의 주인공이 될 수 있으며, 되어야만 한다. 그건 바로 자신의 삶에 대해 말할 수 있는 '자기표현의 권리'다. '자기표현의 권리'는 명예욕과 같은 '순진한 이기심'과는 다른 것이다. 누군가에게서 이런 모욕적인 말을 듣고 살아서야 되겠는가. "생각하는 게 귀찮다? 왜 사니?"

글을 쉽게 쓰는 게
훨씬 더 어렵다

....
....!

미국에서 가장 인기 있는 SNS 플랫폼은 무엇일까? 퓨리서치연구소가 미국 성인을 대상으로 2018년 1월 실시한 조사에서 유튜브는 점유율 73퍼센트를 기록하며 1위에 올랐다. 2위는 페이스북(68퍼센트), 3위는 인스타그램(35퍼센트), 4위는 핀터레스트(29퍼센트), 5위는 스냅챗(27퍼센트), 6위는 링크드인(25퍼센트), 7위는 트위터(24퍼센트), 8위는 왓츠앱(22퍼센트)이었다(미국 성인은 평균 3개의 SNS 계정을 보유하고 있다).

　이 조사에서 흥미로운 건 성별에 따른 플랫폼 선호도다. 여성의 41퍼센트가 핀터레스트를 선호한 반면 남성은 16퍼센트에 불과했다. 이미지나 사진을 공유·검색·스크랩할 수 있는 핀터레스트는 보드에 핀으로 사진을 꽂는 것처럼 이미지 파일을 모으

고 관리하는 기능이 여성 사용자들에게서 큰 관심을 끌고 있다는 분석이다.[7]

그러나 처음엔 여성 사용자들은 핀터레스트 이용에 큰 어려움을 겪어 가입했다가도 곧 탈퇴하는 이가 많았다. 무엇이 문제였을까? 핀터레스트 창업자인 벤 실버먼Ben Silbermann, 1982-은 탈퇴자들을 만나 그들의 이야기를 경청했는데, 이런 이유 때문이었다고 한다. "제가 가장 놀란 건 그렇게 쉽게 만들었는데도 '시작하는 게 쉽지 않다'고 말하는 사람들이 있다는 겁니다. 아직도 복잡하다는 거고 단순함이 더 필요하다는 이야기죠."[8]

이는 이른바 '지식의 저주curse of knowledge'를 말해주는 좋은 사례다. 지식의 저주는 어떤 일이나 주제에 대해 많이 알고 있는 사람은 아예 모르거나 적게 알고 있는 사람의 처지를 헤아리는 데에 무능하기 때문에 소통에 큰 어려움을 겪는 현상을 말한다. 주로 전문가들이 그러기 때문에 '전문가의 저주'라고도 한다.

전문가가 자신의 관점에서 벗어나 자기보다 지식이나 기술이 뒤떨어지는 사람의 입장에서 생각하는 일은 결코 쉽지 않다. 전문가들은 초심자의 성과를 예측할 때 자주 실수를 저지른다. 예컨대, 전문가는 초심자가 휴대전화 기술을 습득하는 데에 15분도 채 걸리지 않을 거라고 예측하지만, 실제로는 30분 정도가 걸

린다.[9]

이런 문제는 글쓰기에도 그대로 나타난다. 글을 어렵게 쓰거나 전문용어를 남발하는 사람들은 사실상 독자와 소통하는 게 아니라 자신과 비슷한 처지에 있는 동료들과 소통하는 것이라고 해도 과언이 아니다. 예외가 있긴 하지만, 특정 분야의 전문가들이 대중적인 책을 쓰는 데에 큰 어려움을 겪는 것도 바로 이 지식의 저주 때문이다.

기능공으로 '위장취업'을 해서 겪은 경험으로 새로운 글쓰기 철학을 정립한 미래학자 앨빈 토플러Alvin Toffler, 1928~2016는 "나는 다른 학자들만 읽을 수 있도록 학술 용어를 사용하여 글을 쓰는 것보다 평범한 문장으로 글을 쓰는 일이 훨씬 더 힘들다는 것을 깨달았다"고 말한다.[10]

쉽게 쓰는 게 얼마나 어려운가 하는 것은 스티븐 호킹Stephen W. Hawking, 1942~2018이 『시간의 역사』의 머리말에서 털어놓은 이야기로도 증명된다. 그는 담당 편집자와 사소한 다툼을 자주 벌였다고 토로했다. 더는 쉽게 쓸 수 없을 정도로 난이도를 낮추었는데도 편집자가 좀더 쉽게 써달라고 요구한 탓이었다. "선생님께서 단어 하나 고칠 때마다 전 세계의 독자 백만 명이 늘어난다고 생각하십시오." 호킹은 결국 그 편집자의 조언을 받아들였고 그

것에 후회가 없다고 말했다.[11]

1992년 노벨경제학상 수상자인 게리 베커Gary Becker, 1930~2014
는 늘 학술 논문만 쓰다가 정책 결정에 영향을 미치고 싶은 마음
으로 『비즈니스위크』에 칼럼니스트로 데뷔하면서 큰 어려움을
겪었다. 그는 칼럼을 쓰면서 적잖은 고생 끝에 경제학적 아이디
어를 간단하고 평이하게 표현하는 방법을 배웠다. 자신의 칼럼이
대중의 호응을 받으면서 자신감이 생긴 탓인지 그는 "어떤 아이
디어가 너무 복잡해서 간단히 표현할 수 없다고 사람들이 말할
때 그것은 그들이 대개 그 내용을 완전히 이해하지 못하기 때문
에 그것을 어떻게 표현해야 할지를 모른다는 것을 의미한다"고
주장한다.[12]

생각과 표현은 별개의 문제다. 어떤 주제에 대해 생각은 있
는데, 그건 어렴풋하거나 완전히 정리되지는 않은 것이다. 그런
데 지식인들은 현실적인 이유로 그런 생각마저 글로 표현하기도
한다. 그러니 글이 어려울 수밖에 없다. 글을 쓴 사람도 완전히 이
해하지 못하는 것을 다른 사람이 무슨 수로 이해할 수 있겠는가.
그럼에도 저자가 워낙 유명한 사람이라면 일반적인 독자는 자신
이 무식해서 이해를 못하는 것으로 오해하고 '자기 탓'을 하는 경
향이 있다.

독일 철학자 게오르크 빌헬름 프리드리히 헤겔Georg Wilhelm Friedrich Hegel, 1770~1831의 글은 모호하고 이해하기 어려운 것으로 악명이 높다. 왜 그럴까? 워낙 어려운 내용이기 때문에 그러는 걸까? 그렇지 않다. 당시 교수직의 보수로는 가족들의 입에 겨우 풀칠이나 할 정도였기에 헤겔은 금전적으로 많은 어려움을 겪고 있었다. 결혼 직후인 1812년 2월 『논리학』을 저술하던 그는 한 친구에게 이렇게 고백했다. "이 책이 적당한 형태를 갖추기 위해서는 일 년 정도가 더 필요할 것이네. 그렇지만 생활하기 위해서는 돈이 필요해." 이는 난해하게 저술하는 작업이 쉽게 쓰는 일보다 시간이 덜 걸린다는 사실을 입증하는 말로 자주 거론된다.[13]

글을 쉽게 쓰는 게 훨씬 더 어렵다는 건 알겠는데, 그게 나와 무슨 상관이란 말인가? 그건 전문가들 사이에서나 통용되는 말이지, 아는 게 워낙 없는데 난해하게 쓰고 말 게 뭐가 있단 말인가? 내심 이렇게 반문할 독자들이 있을 것 같다. 그 심정은 이해하지만, 그게 바로 잘못된 생각이라는 게 내 주장이다.

전문가들의 전문적 글쓰기는 논문집이나 자기들만의 소통 플랫폼을 통해 이루어진다. 보통 사람이 그 근처에 얼씬거릴 필요는 없다. 지금 우리는 대중적 글쓰기에 대해 말하고 있다. 대중적 글쓰기 시장에서 전문가와 비전문가의 차이는 크지 않으며, 일상적 삶의 소재로 글쓰기를 한다면 보통 사람이 오히려 전문가다.

"아는 게 없는 데 쓰긴 뭘 써?" 이렇게 말하는 사람이 의외로 많다. 아는 게 많지 않으므로 오히려 유리한 처지에 있다고 생각할 수도 있는 문제인데 말이다. 자신의 글이 모두가 아는 너무 뻔한 내용인지라 어렵지 않다고 자책하다니, 이게 웬말인가. '지식의 저주'는 전문가가 아닌 사람이 누릴 수 있는 비교 우위를 말해주고 있지 않은가. 90만 부가 팔렸다는 『82년생 김지영』에 무슨 어려운 이야기가 있는가? 글쓰기 시장에선 '지식'보다 센 게 '공감'이며, 어떤 분야에서 공감의 최고 전문가는 바로 당신일 수 있다.

글쓰기의 최상은
잘 베끼는 것이다

....

....!

"예술가는 모방하고 위대한 예술가는 훔친다." 스페인 화가 파블로 피카소 Pablo Picasso, 1881~1973의 말이다. "어디서 가져왔느냐가 중요한 것이 아니라 어디로 가져가느냐가 중요하다." 프랑스 영화감독 장뤼크 고다르Jean-Luc Godard, 1930~의 말이다. "독창성이란 이 세상에 존재하지 않는다. 당신의 아이디어 도둑질을 숨기려고 애쓰지 마라. 오히려 축하하고 장려하라." 영국 광고업계의 전설로 통하는 폴 아든Paul Arden, 1940-2008의 말이다.

이 세 주장에 동의하시는가? 어느 정도 공감하면서도 뭔가 미심쩍다는 생각이 들 것이다. 그래도 되나? 글쓰기를 그런 식으로 해도 괜찮단 말인가? 이런 의문이 드는 독자라면 숭실대학교 문예창작과 겸임교수 남정욱의 주장에 귀를 기울여보는 게 좋겠다. '보수계의 순정마초'라는 별명이 시사하듯, 사회를 바라보는 그의 시각엔 동의하지 않을 때가 많다. 그럼에도 나는 위악적일 정도로 솔직하고 웃음을 터뜨리게 만들 정도로 재미있는 그의 글을 좋아한다.

"글쓰기의 최상은 잘 베끼는 것이다"는 주장은 남정욱의 것인데, 나 역시 이 주장에 전폭적으로 동의한다. 물론 "그거 위험한 거 아냐?"라는 반론이 있을 수 있겠지만, 그건 글쓰기를 배우려는 사람들의 수준을 너무 깔보는 기우杞憂다. 표절剽竊이 되지 않게끔 베끼라는 뜻임을 굳이 강조할 필요가 있을까?

남정욱은 오로지 자신의 통찰만으로 세상을 표현하고 싶다는 욕심은 '무식한 생각'이라고 단언한다. 나는 동시에 '유치한 생각'이거나 '위선적인 생각'이라고 말하고 싶다. 그런데 의외로 이런 '무식하고 유치하고 위선적인 생각'을 하는 사람이 우리 주변에 아주 많다. 이게 보통 사람들의 글쓰기를 어렵게 만드는 이유 중의 하나임은 두말할 필요가 없다.

남정욱은 "현재의 소생이 생각하는 글쓰기의 최상은 독창이 아니라 잘 '베끼는' 것이다. 독창을 추구했더니 독毒과 창槍으로 돌아와 욕창이 생기도록 고생한 끝에 얻은 소중한 결과물이다"며 베끼기의 주요 방법으로 잘 '엮는' 것을 추천한다.

" '영업 비밀'을 하나 털어놓자면 원고 청탁이 들어오면 일단 블로그와 카페를 검색한다. 열 개 정도면 청탁받은 소재에 관한 거의 모든 '정보'가 잡힌다. 소생이 하는 일은 이걸 죄 퍼온 다음에 중복과 근거 희박을 걷어내고 인물이나 사건 하나를 주인공 삼아 흐름을 재배치한 후 내 말투로 바꾸는 것이다. 딱 그게 전부로 짧으면 한나절, 길어야 사흘이다."[14]

남정욱의 이런 작업을 쉽게 생각하면 큰 오해다. 남의 글에서 중복과 근거 희박을 걷어내고 흐름을 재배치한 후 자신의 말투로 바꾸는 것은 고도의 기량과 노력이 필요한 일이기 때문이다. 그런데 이 방식이 좋은 것은 '독창'을 부르짖다가 결국 글쓰기를 포기하는 일은 없다는 점이다. 기량과 노력의 차이에 따라 글의 품질이 크게 달라지지만, 일단 글의 완성은 가능해진다는 장점이 있다.

물론 표절은 패가망신의 지름길이므로 절대 안 된다. 어디까지가 표절이고 어디까지가 표절이 아닌가 하는 것은 검색을 해서 관련 글을 읽어보면 쉽게 알 수 있다. 표절 가능성에 대한 불안감은 클수록 좋다. 그만큼 온전한 자신의 글로 만들기 위해 더 애를 쓰게 될 테니 말이다.

남정욱은 "그나저나 영업 비밀을 대대적으로 공개했으니 청탁 끊기면 어쩌나. 입 싼 놈 밥 굶기 십상이랬는데"라는 말로 칼럼을 끝맺었지만, 청탁 끊길 일 절대 없을 게다. 실은 다들 그런 식으로 글을 쓰니까 말이다. 다만 기억력에 의존하는 걸 깨닫는 정도가 다를 뿐이다.

『대통령의 글쓰기』의 저자인 강원국이 본격적인 글쓰기 책을 출간했다고 해서 얼른 주문해 읽어보았다. 내가 좋아하는 저자답게 그는 내 기대를 저버리지 않았다. "당당하게 모방하자"는 말씀이 가장 마음에 들었다. 무조건 모방이 아니다. 당당한 모방이다. 당당해지기 위해 거쳐야 할 과정이 있다. 강원국은 그걸 9쪽에 걸쳐 자상하게 설명했으니, 이 책의 일독을 권한다.

글쓰기는 대부분의 사람에겐 '독창성의 게임'이라기보다는 '기억력의 게임'이다. 그리고 얼마나 많이 읽었느냐의 게임이다. 많이 읽고 기억력이 좋을수록 머리에 든 게 많을 테니 그만큼 글쓰기도 쉬워진다는 이야기다. 그럼에도, 아니 어쩌면 바로 그런 이유 때문에, 우리는 독창성의 가치를 매우 높게 평가하는, 묘한 게임을 한다.

창조의 주역은 단 한 사람이라는, 그리고 그 사람의 아이디어는 완전히 독창적인 것이라는 잘못된 믿음을 가리켜 '독창성 신화'라고 하는데,[15] 이 신화의 힘은 매우 강력하고 끈질기다. 그래서 일부 학자들은 "각주脚註 없는 책을 써보고 싶다"는 희망을 피력한다. 각주가 없다는 것은 참고문헌이 없다는 이야기이니, 순전히 독창적인 책을 써보겠다는 야심을 그리 표현하는 것이다.

격려할 일이긴 하지만, 헛된 욕망이거나 부질없는 꿈에 불과한 것일 수도 있다. 이미 자신의 머릿속에 입력된, 수많은 책에서 얻은 정보와 지식과 생각이 자신의 것이란 말인가? 참고문헌을 보지 않고 기억력에 의존해 그런 정보와 지식과 생각을 자신의 언어로 풀어낸다고 해서 독창성을 주장할 수 있는 걸까? 그러다간 "다른 사람의 아이디어를 자기 것으로 착각하는 '절도 망각증 kleptomnesia'에 사로잡히기 쉽다".[16]

표절도 문제고 절도 망각증도 문제니, 결국 답은 성실하고 양심적인 베끼기다. 이런 베끼기의 일환으로 주로 초심자들을 대상으로 해서 널리 이루어지고 있는 게 유명 작가의 글을 베껴 쓰기 또는 필사筆寫하는 훈련법이다. 유명 문인들 중에도 필사 훈련을 한 이가 많다. 필사의 장점을 말해주는 수많은 조언과 증언이 있다.

예전 같으면 나는 이런 조언과 증언들을 줄줄이 인용했겠지만, 이젠 그냥 넘어가련다. 그러나 글쓰기 공부용으로 하는 필사에 대한 반론은 소개할 필요가 있겠다. 이남훈은 필사는 주어와 서술어의 불일치 등과 같은 실수를 저지르는 초보자들에겐 '문장의 기본'을 닦는 용도로 적당하지만, 이 수준을 벗어나면 베껴 쓰기를 그만두는 것이 좋다고 주장한다. 유명 작가의 글을 베껴 쓸 시간에 '분단 분석 및 요약'을 꾸준히 하면서 자신만의 문체를 발굴해야 한다는 것이다.[17]

소설 쓰기에 국한된 것이겠지만, 김영하는 필사가 습작 시기의 좋은 수련 방법이라는 생각에 반대한다. 그는 활자화되어서 고정되어 있기만 한 글은 살아 있는 언어의 가능성을 포기한 것이라며, 학생들을 가르칠 때 말 속에서 시적인 것을 포착해야 한다는 이유로 사람들의 말을 녹음해서 풀어보라고 시킨 적이 많다고 말한다.[18]

이남훈과 김영하의 눈높이가 너무 높은 게 아닌가 하는 생각이 들기도 하지만, 나는 필사를 한 번도 해본 적이 없어 필사의 효과에 대해선 잘 모르겠다. 혹 필사를 전혀 하지 않아 내 글쓰기 실력이 이 모양 이 꼴인가 하는 생각이 들기도 하지만, 그것보다는 내 글씨가 엉망인 점이 오히려 마음에 걸린다. 필사를 좀 했더라면, 좀더 나은 글씨를 쓸 수 있었을 텐데 하는 아쉬움이 있다. 이 문제는 독자들께서 각자 알아서 판단하도록 하고, 글쓰기의 최상은 잘 베끼는 것이라는 주장만 잘 소화해주면 좋겠다.

'질'보다는
'양'이 훨씬 더 중요하다

....

....!

'삼다三多'라는 말이 있다. 삼다는 1,000년 전 송나라 문인 구양수 1007~1072가 제시한 '다독多讀, 다작多作, 다상량多商量'으로, '많이 읽고(취재·자료 조사) 많이 써보고 많이 생각해보는 것'을 뜻한다. 이는 지금도 유효한 글쓰기 비법으로 통용되고 있다.[19]

하지만 각론으로 들어가면, 즉 '어떻게'의 문제에 이르면, 의견이 분분하다. 독서만 하더라도 올바른 독서법을 역설하는 책이 꽤 많이 나와 있을 정도로 까다롭다. 아니 그냥 읽으면 되지 무슨 독서법이 있나? 있는 정도가 아니다. 독서법에 대해 잘못 말했다간 봉변당하기 십상이다.

김정운은 『에디톨로지: 창조는 편집이다』(2014)에서 독서법과 관련된 재미있는 일화를 소개한다. 그는 어느 인터뷰에서 "책을 끝까지 읽는 것은 바보짓이다!'라고 말했다가 엄청난 악플 세례를 받았다고 한다. 그는 "'책은 끝까지 읽어야 한다'는 '엄숙한 독서법'을 신앙처럼 교육받아온 이들이 느꼈을, 모독당한 듯한 기분을 이해하지 못하는 바 아니다. 그러나 책을 끝까지 읽는 것은 정말 바보 같은 짓이다. 내 질문이 없고 내 생각이 없으니, 모든 책을 처음부터 끝까지 다 읽고 있는 것이다"며 다음과 같이 말한다.

"물론 정말 재미있는 책은 다 읽지 말라고 해도 끝까지 읽게 된다. 그러나 억지로 책을 다 읽다보면 내 생각은 중간에 다 날아가버린다. 읽어야 할 자료도 산처럼 쌓여 있다. 어찌 모든 책을 처음부터 끝까지 다 읽을 수 있겠는가.……그래서 책 앞부분에는 목차가 있고, 책 맨 끝에는 '찾아보기'와 같은 형식이 있는 것이다. 필요한 부분만 찾아 읽으라는 뜻이다."

나는 골라 읽는 '발췌독'이 필요하다는 김정운의 주장에 공감하지만, 일부 독자들의 반발에 대해선 그가 모르는 게 하나 있다고 생각한다. 그들이 반발한 데엔 '엄숙한 독서법'을 신앙처럼 교육받아온 점도 있겠지만, 그것보다는 '매몰비용 효과sunk cost effect'가 더 큰 이유라는 게 내 생각이다.

우리 인간에겐 어떤 일에 돈이나 노력, 시간 등을 일단 투입하면 그것을 지속하려는 강한 성향이 있는데, 이를 가리켜 매몰비용 효과라고 한다. 이는 낭비를 싫어하고 또 낭비하는 것으로 보이는 걸 싫어하는 동시에 자신의 과오를 인정하기 싫어하는 자기 합리화 욕구 때문에 발생한다.[20]

김정운이나 나 같은 저자들은 많은 책을 구입할 수 있다. 경제학적으로 이야기하자면, 책 구입 비용은 인세 수입을 얻기 위한 원자재 값이라고 할 수 있기 때문에 그걸 아끼는 것은 막말로 장사하지 않겠다는 것과 다름없다. 나는 어떤 책을 쓰는 데에 필요한 것만 골라 뽑아 먹어야 하기 때문에 '발췌독'을 하는 경우가 많다. 저자에 따라선 다른 독서법을 택할 수도 있으며, '발췌독'을 한 후에 다시 읽어볼 수도 있기 때문에 "책을 끝까지 읽는 것은 바보짓이다!'라고까지 말할 필요는 없는 것이다.

물론 그거야 김정운의 강조법으로 이해하면 될 일이지만, 독자들의 반발은 그들의 경제 사정을 이해해야 한다. 그들의 입장에선 주저하면서 큰마음을 먹고 산 책이다. 알바비로 환산하자면 2~3시간 노동의 대가다. 설사 도서관에서 빌려온 책일지라도 책 대출엔 시간과 노력이 투입된다. 그런 투입 비용에 대해 본전을 뽑고 싶어 하는 마음이 강한 사람에게 발췌독을 하지 않는 건 미친 짓이라니, 어찌 열 받지 않을 수 있겠는가 말이다.

어찌 되었건 다독多讀을 적극 지지하는 나로서는 발췌독이 다

독의 한 수단일 수 있다는 점에 주목한다. 그런데 이건 "속독速讀이냐, 정독精讀이냐" 하는 문제처럼 양자택일의 문제는 아니다. 나는 주변에서 누군가가 "이 책은 다 읽었으니까 버려도 돼"라고 말하는 사람을 볼 때마다 "이 사람이 천재인가?" 하는 심정으로 경외감을 갖는다. 그 사람이 천재가 아니라면? 혀를 끌끌 찬다. 책의 성격과 독자의 상황에 따라 속독하거나 정독을 할 수 있고, 속독 후 다시 정독할 수도 있다. 나는 늘 그런 식으로 다양한 방법을 쓰기 때문에 대부분의 책을 여러 번 읽는다.

자신이 읽는 책에 흔적을 남기기 싫어했던 롤랑 바르트Roland Barthes, 1915~1980는 독서가를 책에 밑줄을 긋는 사람과 긋지 않는 사람의 두 부류로 나누었다는데, 나는 전자의 유형에 속한다. 아니 그렇게 말하는 걸로는 부족하다. 나는 책을 신문과 같은 저널리즘으로 간주하기에 평소 책을 읽을 때에도 밑줄 찍찍 긋고, 오류거나 좀 이상하다 싶은 부분엔 엑스표나 물음표 달아놓고, 순간 떠오르는 생각 코멘트하고, 나름의 데이터베이스 구축용 키워드들을 뽑아 책 뒷장에 써놓는 등 지저분하게 읽는 스타일이다. 나중에 중고책으로 팔아먹기 어렵다는 단점은 있지만, 그걸 상쇄하고도 남을 장점이 많다는 건 두말할 나위가 없다.

나는 학생들에게 다독을 권하는데, 그 주요 이유는 '독서의 마태효과Matthew effect'다. 마태효과는 "무릇 있는 자는 받아 풍족하게 되고 없는 자는 그 있는 것마저 빼앗기리라"는 『신약성서』「마태복음」 25장 29절에서 연유한 것으로, '부익부빈익빈富益富貧益貧' 현상을 가리키는 말이다. 독서는 습관이기 때문에 이 효과가 잘 들어맞는다. 경험자는 전적으로 공감하겠지만, 책을 많이 읽을수록 점점 더 책을 많이 읽게 되고, 책을 읽지 않을수록 점점 책을 읽을 수 없게 된다.[21]

뻔한 말이지만, 세상에 공짜는 없다. 왕도나 지름길이나 요령도 없다. 평소 책을 많이 읽고 생각을 많이 해보는 버릇을 길러야 한다. 독서의 생활화가 꼭 필요하다. 독서의 생활화를 위해선 모든 책을 처음부터 끝까지 다 읽어야 한다는 강박관념을 버리고 책의 종류와 성격은 물론 자신의 선호도와 수준에 따른 차별적 독서를 하는 게 바람직하다.

평소 사고 훈련도 해야 한다. 무슨 글이건 글을 읽을 때엔 수동적으로 받아들이지 말고 생각해보고 판단해보는 습관을 갖는 게 좋다. 그런 적극적 자세를 갖고 책을 읽으면 피곤하다고 말하는 사람들이 있다. 그냥 대충 책 읽기도 어려운 세상에 하나마나한 말 하지 말라는 것이다. 맞다. 동의한다. 그러나 처음이 문제일 뿐이다. 익숙해지면 전혀 피곤하지 않다. 오히려 훨씬 더 재미있다. 생각은 '고통'인 동시에 '쾌락'이다. 쾌락 쪽으로 끌고 가자. 남는 자투리 시간도 그런 쾌락을 위해 이용하면 좋다. 죽어라 하고 스마트폰만 물고 늘어질 일이 아니다.

그러고 나서 써봐야 한다. 초기 훈련에선 '질'보다는 '양'이다. 처음부터 질 따질 겨를이 없다. 물론 다른 의견도 있다. 이남훈은 '무조건 많이 쓰라는 신화'를 지적하면서 "노력이 배신할 때도 있다"고 말한다. 그는 2가지 조건을 제시한다. 하나의 글을 완전히 마무리해 가면서 많이 쓰고, 완성도 높은 글과 비교해야 한다는 것이다. "베테랑 의사가 초보 의사에게 수술 노하우를 알려준다면서 무조건 수술 경험을 많이 쌓으라고 하면 어떨까? 많이 한다고 실력이 늘까? 무턱대고 하는 노력은 비효율을 낳고 스스로를 막막하게 만들 뿐이며, 결국에는 한계에 부딪히게 되어 있다."[22]

이남훈의 우려는 경청할 만하지만, 눈높이가 좀 높다는 생각이 든다. 글쓰기를 사람의 목숨이 달린 수술에 비유하는 건 적절치 않다. 사치스러운 고민이라고나 할까? 잘 쓰고 못 쓰고를 떠나서 글을 아예 쓰려고 하지 않거나 글을 시작했다 하더라도 끝내지 못하는 게 더 문제인 사람에게는 번지수가 안 맞는 이야기라는 뜻이다.

양의 강조는 양의 축적이 질의 변화를 가져오는 양질전화量質
轉化의 법칙을 전제로 하는 것이지, 질을 무시하자는 게 아니다. 이
남훈의 책은 그렇지 않지만, 글쓰기 책 중엔 글의 질을 강조하면
서 겁을 주는 책이 의외로 많다. 물론 그 취지는 이해하지만, 누구
를 대상으로 한 조언인지 밝히는 게 더 좋았을 것이다. 글쓰기 책
등급제를 실시해야 하나? 글쓰기 책을 볼 필요를 느끼는 사람이
라면, 나는 '질'보다는 '양'이 훨씬 더 중요하다고 말해주는 게 적
절한 조언이라고 생각한다.

"뭐 어때?"
하면서 뻔뻔해져라

"글쓰기 재능을 연마하기 전에 뻔뻔함을 기르라고 말하고 싶다."
『앵무새 죽이기』를 쓴 하퍼 리Harper Lee, 1926~2016의 말이다. 출판
사 편집장인 제이슨 르쿨락Jason Rekulak은 "작가가 되고 싶다면 철
면피가 될 필요가 있다"고 말한다. 그래야 일생 동안 계속될 부정
적 비평을 견뎌낼 수 있다나.

나는 평소 학생들에게 "겸손하면서 오만하고 오만하면서 겸
손하라"고 말해왔는데, 이젠 이렇게 말하련다. "'뭐 어때?' 하면
서 뻔뻔해져라!" 전문 작가에겐 부정적 비평을 이겨내는 게 중요
하겠지만, 글쓰기 초심자에겐 자기 내면에서 스스로 하는 부정적
비평을 넘어서는 게 중요하다. 전문 작가건 초심자건, 나는 뻔뻔
함의 '미덕'을 '자기효능감self-efficacy'의 관점에서 이해한다.

자기효능감은 자신이 변화에 영향을 미칠 수 있다고 믿는 사람들이 착수한 일에서 성공할 가능성이 높은 걸 말하며, 앨버트 밴듀라Albert Bandura, 1925~가 제시한 사회 인지 이론social cognitive theory의 주요 개념이다. 자기효능감은 글쓰기에서도 매우 중요하다. 밴듀라에 따르면, 수많은 연구 결과 자신의 글쓰기 능력에 대한 신념이 높은 학생일수록, 글 쓰는 것을 덜 걱정하고, 그러한 기술들이 개인적 성취에 유용하다고 여기며, 글쓰기에서 더 나은 수행을 한다.[23]

전문 작가에게 자기효능감의 원천은 판매 부수다. 물론 비평가들의 호평까지 얻는다면 더욱 좋겠지만, 양의 문제일 뿐 악평을 받는 건 피할 수 없는 작가의 숙명이다. 책이 독자들의 사랑을 받아 베스트셀러가 된다면, 그 어떤 악평에도 내심 "개는 짖어도 기차는 간다"는 심적 평온을 누릴 수 있다.

초심자에게 자기효능감의 원천은 '작은 성공'이다. 목표를 낮춰 잡고 글의 발표를 작은 곳에서부터 시작하는 게 좋다. 자기효능감을 느낄 수 없는 상태가 오래 지속되면 견뎌낼 재간이 없기 때문에 나중에 높고 큰 목표로 가기 위해서라도 처음엔 낮고 작은 목표에서부터 출발해야 한다는 것이다. 그런 식으로 자기효능감을 느끼는 게 좀 뻔뻔하지 않느냐고 질문한 학생이 있었다.

나는 그 학생의 그런 생각에 감히 '결벽주의'라는 딱지를 붙였지만, 그 심정은 이해했다.

자기효능감은 막연한 자신감이 아니라 근거 있는 자신감이라고 할 수 있는데, 그 학생은 근거를 만들기 위해 '작은 성공의 힘'을 만끽하는 게 너무 작위적이라고 느꼈던 것 같다. 우리가 누군가의 뻔뻔함을 비판하는 건 다른 사람에게 피해를 주기 때문이다. 그런데 자기효능감을 느끼기 위해 그런 정도의 '뻔뻔함'을 갖는 게 도대체 누구에게 피해를 주며 왜 문제가 된단 말인가?

스티븐 기즈Stephen Guise의 『습관의 재발견: 기적 같은 변화를 불러오는 작은 습관의 힘』(2013)을 읽다가 웃음이 터져나왔다. "이렇게까지 독자를 배려하다니!" 하는 생각에 말이다. 그는 이런 조언을 들었다고 한다. 하루 30분 운동이 쉽지 않으니, 팔굽혀펴기 운동이라면 더도 덜도 말고 '딱 한 번만 하라'는 조언이었다. 그는 처음에 이 말을 듣고 비웃었다가 실제로 딱 한 번 해보고 나서, 이후 이런 결론을 내렸다. "그것이 내 새로운 인생의 시작이었다."

기즈는 한 번 하는데도 어깨에서 우두둑 하는 소리가 났고, 팔꿈치에 윤활유라도 칠해야 할 것 같은 느낌이 들었다고 말한다. 그럼에도 이왕 자세를 취한 김에 몇 번을 더 했고, "좋아, 한 번 더. 좋아, 두 번만 더. 자, 다시 한번 더!"라는 식으로 잘게 나눈 목표를 세웠더니 달라지더라는 것이다. 그는 나쁜 습관을 끊는 것보다 좋은 습관을 기르는 게 쉽다며, 작은 습관 시스템은 적용이 쉽고 마음가짐을 긍정적으로 바꿔준다는 데 강점이 있다고 역설한다. 이걸 글쓰기에 적용해 '매일 2~3줄 쓰기'로 접근하라는 조언도 빠트리지 않는다.[24]

어떤가? 그럴듯하지 않은가? 나는 처음엔 좀 어이없다 싶어 웃긴 했지만, 그의 말처럼 시도해본다고 밑질 건 없잖은가. '매일 2~3줄 쓰기'가 힘들다면 '매일 1줄 쓰기'는 어떤가? 그렇게 해서 글쓰기가 어느 정도 이루어지면, 글에 담을 내용을 전개하는 데도 뻔뻔함이 필요하다.

"좋은 글을 쓰려면 먼저 잘난 척하는 마음을 버려야 한다"는 조언도 있지만,[25] 내 경험에 비추어 보자면 오히려 정반대의 조언이 더 필요한 게 아닌가 싶다. 나는 학생들에게 2006년 독일월드컵 때 한국 축구 국가대표팀 코치 홍명보가 본선을 염두에 두고 후배들에게 한 말을 들려준다. "우리 선수들이 건방져졌으면 한다." 그동안 해외에서 치러진 월드컵에서 한국 선수들이 상대팀 선수들의 눈빛이나 표정 하나에 주눅 들어 제 기량을 다 펼쳐보지도 못하고 좌절을 겪었던 쓰라린 경험담에서 나온 조언이었다.[26]

잘난 척해도 될 만한 능력을 갖고 있음에도 글을 너무 겸손하게 쓰는 학생이 많다. 무난하고 깔끔하게 쓴 글이지만, 참신성이 없고 도발적인 새로움도 없어 속된 말로 '안전빵'이라는 느낌을 준다. 이 정도론 약하다. 글쓰기를 할 때엔 겸손하면서 오만하고, 오만하면서 겸손할 필요가 있다. 글에서 무언가를 보여주겠다는 욕심을 내는 일에선 오만이 필요하며, 그런 욕심이 드러나지 않게끔 차분하게 논지를 펴 나가는 일에선 겸손이 필요하다는 뜻이다.

너무 겸손한 나머지 이야기를 시작해야 할 시점에서 글이 끝나는 경우가 많다. 지면의 한계 때문인가? 처음부터 바짝 긴장해 압축적으로 할 말 다 해야겠다는 '공격성'이 모자라다. 결론도 '그날이 오길 바란다', '되었으면 하는 바람이다', '꿈꿔보자' 등으로 끝나는 건 너무 약하다. '한일 관계와 커뮤니케이션'을 다룬 글에서 "효과적인 커뮤니케이션 방법 등에 대한 연구가 필요하다", "지속적인 상호 커뮤니케이션을 필요로 하겠다" 등으로 글을 끝내는 건 너무 소극적이고 겸손하다는 느낌을 준다.

다시 말하자면, 글의 마지막을 과거의 새마을영화 식으로 끝내는 경우가 많다는 것이다. 우리 모두 잘해보자는 식의 단합 대회라고나 할까? 아니면 '막판에 천사 되기'라고나 할까? 이는 세미나에서 상습적으로 나타나는 '막판에 낙관주의자 되기'와 유사하다. 세미나 내내 어떤 주제에 대해 문제를 지적하고 현실적인 어려움을 토로해놓고 막판엔 '할 수 있다'로 돌아서는 낙관주의를 드러낸다는 것이다. 물론 그건 '잘해보자'는 의지를 다지는 취지로도 볼 수 있겠지만, 많은 경우 냉정한 현실 인식을 방해할 수도 있는 것이다.

청중도 마찬가지다. 나는 과거 세미나에서 어떤 주제에 대해 비관적인 견해를 내놓았다가 청중의 항의를 받은 적도 있다. 어느 청중은 "희망을 줘야 한다"고 요구했는데, 나는 그런 태도를 가리켜 어느 글에서 '희망 중독증'이란 딱지를 붙인 바 있다. 세상 모든 사람이 '희망 중독증'에 걸려 있다면, 다수결의 원리에 따라 최소한의 희망을 역설하는 건 고려해볼 만한 일이라는 선에서 타협하는 게 좋겠다.

과공過恭은 금물이다. 글에 전반적으로 '당위'가 너무 많고 '어떻게'가 빈약한 것도 다시 생각해볼 일이다. 스스로 문제점을 제기하면서 방안을 제시해보는 적극성이 아쉽다는 것이다. '당위'의 역설보다는 '어떻게'를 말하는 것이 값지다는 걸 잊지 말자. 부자도 아니면서 부자 몸 사리듯 하지 말고 욕심을 좀 내는 게 좋다. 내 글이 변화에 영향을 미칠 수 있다고 믿도록 하자. 아니면 어떤가? 다시 말하지만, "뭐 어때?" 하면서 뻔뻔해진다고 해서 남에게 피해를 주는 것도 아니잖은가.

글쓰기를
소확행 취미로 삼아라

"나는 일을 미루는 습관을 버리기로 했다. 하지만 계속 미루느라 그 결심을 실천에 옮기지 못하고 있다." 미국에서 떠도는 농담이라지만, 누구나 한 번쯤은 겪어본 일이 아닐까? 그래서 미루는 버릇procrastination은 자기계발과 관련된 심리학의 주요 이슈다. 미루기가 가장 심하게 나타나는 일이 바로 글쓰기다. 웬만한 작가치고 미루기로 악명을 떨치지 않은 이가 드물 정도다. 도대체 그들은 왜 그러는 걸까? 대니얼 액스트Daniel Akst의 설명이 그럴듯하다.

"글을 쓰려면 눈에 보이는 구체적인 일이 아닌 추상적인 사고를 해야 하기 때문이다. 그리고 이런 추상적인 사고는 사실 먼 훗날에나 보상받을 수 있거나, 어쩌면 전혀 보상받지 못할 수도 있다. 게다가 오늘날에는 추상적인 생각을 인터넷이 연결된 컴퓨터 앞에서 하게 된다. 미루기를 유발하는 데 이보다 더 그럴듯한 시나리오를 상상할 수 있겠는가?"[27]

문인들은 미루기를 피하기 위해 눈물겨운 투쟁을 벌인다. 빅토르 위고Victor Hugo, 1802~1885는 하인에게 자기 옷을 압수하게 한 후에 벌거벗은 상태로 소설을 집필했고, 존 맥피John A. McPhee, 1931~는 글이 잘 안 써질 때마다 목욕 가운 줄로 자신을 집필실 의자에 묶어 놓았다. 이외수는 집필실 문을 떼어내고 실제 감옥 문을 달아 봉쇄했다. 에밀 졸라Emile Zola, 1840~1902는 벽난로 위에 "한 줄이라도 글을 쓰지 않고 지나가는 날은 없다"는 글을 새겼다. 김훈의 작업실 칠판엔 세 글자가 써 있다. '필일오必日五.' "하루에 원고지 다섯 장은 반드시 쓴다"는 결의의 표현이라고 한다.[28]

전문 작가들이야 글쓰기가 유일한 생계 수단이므로 미루기를 피하기 위해 무슨 일이든 할 수 있고 해야 마땅하겠지만, 보통 사람들이 그런 방법까지 동원하긴 어렵다. 그렇다면 어떻게 해야 미루는 버릇에서 벗어날 수 있을까? 내 답은 글쓰기를 '소확행小確幸 (작지만 확실한 행복)'을 위한 취미로 삼아 '글쓰기 모임'을 직접 만들거나 이미 만들어진 '글쓰기 모임'에 참여하라는 것이다.

글쓰기 모임은 서로 모르는 사람들끼리 모여서 글을 쓰고 공유하는 취향 공동체다. 포털사이트에서 '글쓰기 모임'을 검색하면 다양한 글쓰기 모임 소개가 쏟아져나온다. 글쓰기 강사가 모집하는 모임도 있고, 등단을 꿈꾸는 예비 작가들의 모임도 있지만, 직업적인 목적이나 특별한 프로그램 없이 글을 쓰는 모임도 많다.

서울에서 전문 강좌가 아닌 취미로 특별한 프로그램 없이 한 달에 4번 모여 함께 글을 쓰는 '너도나도 글쓰기 모임'에 참여하고 있다는 권경덕은 "정답이 없는 삶인데 친구들과 어떻게 살아갈지에 대한 이야기도 하고 돈 안 쓰고 재미있게 노는 활동을 많이 해보자는 취지에서 글쓰기 모임을 시작했어요. 소비 위주의 생활 말고요"라고 말한다. 그는 글쓰기를 혈액순환에 비유했다. "글을 쓰면 혈액순환이 되는 것 같아요. 스트레칭 혹은 체조 같은 것이죠. 스스로를 차분하게 응시할 수 있으니까 삶이 명료해지는 느낌을 받아요. 그 느낌이 좋아서 글쓰기를 계속하고 있어요."

2013년부터 부산에서 독서·글쓰기 모임 '곳간'을 운영해온 문학평론가 김대성은 자신의 생활을 돌보고 자신을 존중하기 위해 '생활 글쓰기'가 필요하다고 주장한다. 그는 "글쓰기는 누군가 알려주기보다 사람들끼리 어울려 막연하게라도 직접 감각을 해보는 게 중요하다"며 "자기감정도 각자가 품고 있는 단어도 다 자기 살림이다. 그런 것들을 흘려보내지 않고 기록하면서 자기가 몰랐던 자기의 좋은 점들, 자기의 생활에서 소중한 지점들, 사소해 보이는 것에서 발견하는 귀함 같은 것들을 알게 된다"고 말했다.[29]

전주의 카페형 서점인 북스포즈에서 일하는 김신철은 자신이 만든 글쓰기 모임의 이름을 '글쓰기가 뭐라고'로 붙였다. 글 쓰는 것을 어렵게 생각하지 말고 그냥 쓰자는 의미라고 한다. 그는 "매주 모여서 아무런 주제를 뽑아 1시간 동안 쓰고, 1시간 동안 서로의 글을 보고 이야기한다. 자소서를 쓰다 온 취준생도, 보고서에 골머리를 앓는 직장인도 이곳에서는 부담 없이 글을 쓸 수 있다"며 다음과 같이 말한다.

"요즘에는 내 글보다 글쓰기 모임에 참여한 사람들의 글을 보는 재미가 생겼다. 얼굴도, 이름도 외우기 전에 글이 먼저 인상에 남는데 그것이 엄청난 문장이거나, 깊이 있는 주제 의식이 있어서 그런 것은 아니다. 서툴지만 자신의 생각을 솔직하게 적었기에 개성이 생기고, 화려한 글들보다 이런 글들이 더욱 좋아졌다. 하루의 여독을 글을 쓰며 스스로 마음을 회복하는 사람들도 생겼다."[30]

그런데 『언론고시, 하우 투 패스』(2015)라는 책은 언론고시생들에 국한해 글쓰기 모임의 부작용을 경고하고 있어 흥미롭다. 언론사 공채 심사위원들은 종종 "글이 다 똑같아"라는 한탄을 한다고 한다. 스터디가 6개월 이상 이어지는 경우 글이나 논리가 비슷해져버리는 '붕어빵 효과'가 나타나 그로 인한 불이익이 생길 수 있다는 것이다. '붕어빵 효과'가 느껴지면 '발전적 해체'를 하는 게 좋다는 이야긴데, 해체를 원치 않는다면 그 문제를 넘어설 수 있는 방법은 없는지 각자 고민해볼 필요가 있겠다.

피드백 없이 고립된 상태에서 하는 연습이나 훈련엔 큰 문제가 있다는 건 충분히 밝혀진 사실이다. 글쓰기 모임은 그런 피드백을 제공해줄 뿐만 아니라 내면의 이야기를 공개하게 되어 기존 친구들과는 좀 다른 유형의 우정을 쌓을 수 있다는 장점도 있다. 글쓰기 모임이 그런 친목 도모로 흐르는 걸 경계하는 사람들도 있지만, 그건 얼마든지 통제할 수 있지 않을까?

나는 나의 '글쓰기 특강'이 학생들에게 준 가장 큰 혜택은 자발성에 어느 정도의 '강제성'을 부여해준 효과라고 생각한다. 물론 나는 꼭 참여하라고 어떤 압박이나 권유도 하지 않았다. 다만 학생들 스스로 "정규 수업도 아닌데 교수가 나서서 저렇게 수고하다니. 웬만하면 계속 나가야지"라는 생각을 했을 가능성이 높다는 것이다.

전혀 모르는 사람들끼리 모임을 만들어도 모임이라는 게 묘한 것이어서 그렇게 눈에 보이지 않는 '강제성'이 어느 정도 작동하기 마련이다. 바로 이 점을 이용해 미루기 버릇을 돌파해보자는 것이다. 이 책을 읽는 독자들 중 미루기 버릇 때문에 고민하는 사람이 있다면, 그리고 아직 '글쓰기 모임' 활동을 하지 않는다면, 오늘 또는 내일 즉시 '글쓰기 모임'을 시작하는 액션을 취해주시기 바란다. 반드시 훗날 내게 고마워하리라는 걸 믿어 의심치 않는다.

'적자생존'을
생활 신앙으로 삼아라

적자생존은 '적자생존適者生存, survival of the fittest'을 말하는 게 아니다. 박근혜 정부 시절 국무회의 석상에서 유행했던 "대통령의 말씀을 적어야 산다"는 처세술을 말한다. 훗날 한 장관은 "처음 각오와 달리 받아 적지 않을 도리가 없었다. 대통령이 눈길 한 번 마주치지 않고 국무회의 초두부터 미리 준비한 원고를 쭉 읽어 내려간다. 그 장면을 빤히 지켜보자니 영 어색하고……. 그냥 고개 숙이고 받아쓰는 게 제일 편했다"고 회고했다.

그렇다고 해서 실제로 내내 적은 건 아니었다고 한다. 적는 척하는 게 중요했을 뿐이다. "우리 부처에 대한 지시는 받아쓴다. 나중에 청와대에서 말씀 자료가 내려오기까지 시차가 좀 있다. 솔직히 수첩에 받아 적는 척하며 딴짓 하는 경우도 있다. 옆의 한

장관은 힐끗 보니 수첩에 서체 연습을 하고, 다른 쪽 장관은 몰래 그림까지 그리더라……." [31]

장관들을 초등학생 수준으로 격하시킨 이 적자생존은 박근혜 파멸의 한 이유가 되었지만, 내가 생활 신앙으로 삼아야 한다고 역설하는 적자생존은 스스로 절실하게 내켜서 하는 메모의 중요성을 말하는 것이다.

메모의 적敵은 영감이다. 영감靈感은 "신령스러운 예감이나 느낌" 또는 "창조적인 일의 계기가 되는 기발한 착상이나 자극"을 말하는데, 의외로 이걸 믿는 사람이 많다. 불현듯 떠오르는 영감이 있다는 건 부인할 수 없지만, 일반적으로 말하자면 이건 좀 부풀려진 신화에 가깝다.

아르키메데스Archimedes, B.C.287~B.C.212가 목욕탕에서 "유레카(알아냈다)!"를 외쳤다는 건 꾸며낸 이야기다. 에이브러햄 링컨Abraham Lincoln, 1809~1865이 그 유명한 게티스버그 연설문을 게티스버그로 향하는 기차 안에서 작성했다는 것은 거짓말이다(나중에 백악관에서 그 연설 초안들이 무더기로 발견되었다). [32]

어느 유명 시인은 자신의 명작이 어느 폭풍우 치는 밤 숲 속에서 순간의 영감으로 쓰인 것이라고 주장했다. 그런데 이 시인이 죽고 나서 발견된 수많은 원고 더미에서 그 명작 시의 수정 원고와 시험 버전들이 무더기로 쏟아졌다. 그 양이 하도 많아서 그 명작 시는 문학사를 통틀어 가장 많은 수정을 거친 것으로 밝혀졌다. 작가가 '영감' 운운하면 속된 말로 '좀 있어 뵈는' 느낌이 든다. 그래서 자신이 영감의 세례를 받았다고 주장하는 문인이 많은데, 움베르토 에코Umberto Eco, 1932~2016는 그런 '거짓말'에 "속지 마라"고 경고한다.[33]

신의 계시를 받은 듯한 영감에 비해 메모는 잡스럽고 좀스러워 보이는 게 사실이다. 하지만 영감이라는 것도 그런 잡스럽고 좀스러운 행위의 축적 과정을 통해 나타나는 것이지, 밑도 끝도 없이 불쑥 솟아오르는 게 아니다. 불쑥 솟아오른 영감일지라도 그 즉시 메모를 해놓지 않으면 사라진다. 적자생존의 위대함을 말해주는 신앙 간증은 무수히 많지만, 내가 보기에 가장 알찬 간증 2개만 소개하겠다.

"지식사회에서는 적는 사람이 생존한다. 메모에 미친 사람이 되라는 거다. 청나라 사신단에 함께 오른 연암 박지원은 말 위에서 졸면서도 메모를 놓지 않았다. 괴테는 로마로 향하며 매일 기록하였다. 그들은 북위 40도에서 함께 글을 쓰고 있었다. 동서양 최고의 기행문이 동시대에 탄생할 수 있었던 것은 바로 그 덕분이다."(손관승)[34]

"생각은 사라질 수 있지만 기록은 영원하다. 그래서 나는 메모를 한다. 책상 위에도, 스마트폰에도, 가방 속에도, 양복 안주머니에도 온통 메모지와 수첩이 가득하다. 메모는 공짜다. 메모에 조금만 품을 들이면 인생을 바꿀 수 있는 기적이 일어난다. 나는 나의 삶을 사랑했고 그 삶을 기록으로 남겨야 했다. 메모는 나의 일상이고 습관이 되었다. 내가 기록한 단어 하나하나는 엄청난 에너지로 되살아났고, 다음 목표를 실행하는 동력이 되었다."(김경수)[35]

늘 메모를 생활 신앙으로 삼고 있는 사람이라도 메모의 주요 내용은 다르기 마련이다. 이른바 '자이가르닉 효과Zeigarnik effect'를 염두에 둔 메모를 하는 이도 많으니 이와 관련된 간증도 들어보는 게 좋을 것 같다. 우선, '자이가르닉 효과'란 무엇인가?

1920년대에 독일 베를린대학 심리학과에 유학 중이던 러시아(리튜아니아)계 유대인 여성인 블루마 자이가르닉Bluma Zeigarnik, 1900~1988은 지도교수인 쿠르트 레빈Kurt Lewin, 1890~1947과 카페에서 자주 세미나를 했다. 그녀는 카페의 직원들이 계산을 하기 전에는 정확하게 주문 내역을 기억하는데, 계산한 후에는 전혀 기억을 하지 못하는 것을 이상하게 생각해 이를 심리학 연구의 주제로 삼았다.

자이가르닉은 실험 참가자들을 두 그룹으로 나누어 같은 과제를 수행시킨 후, 한쪽 그룹은 일을 완성하도록 하고 다른 그룹은 의도적으로 일의 완성 전에 중단을 시켰다. 그 후에 자신들이 수행하던 과제의 기억 수준을 조사했는데, 과제를 완성한 그룹에 비해 과제를 풀다가 중단당한 그룹에서 자신이 푼 문제를 기억해 낼 가능성이 1.9배나 높은 것으로 나타났다. 이처럼 미완성 과제에 관한 기억이 완성 과제의 기억보다 강하게 남아 판단에 영향을 주는 심리적 현상을 가리켜 '자이가르닉 효과'라고 한다.

왜 이런 현상이 일어날까? 사람은 임무를 부여받았을 때 일정한 긴장 상태를 느끼며, 그 임무를 완성한 후에야 긴장이 사라지는 데다 미완성 과제에 관한 정서적 애착이 강하게 남아 판단 결과를 좌우하기 때문이다.[36] 이 효과를 글쓰기에 활용하는 대표적인 인물은 『대통령의 글쓰기』의 저자인 강원국이다. 그는 다음과 같이 말한다.

"쓰려는 글이 있으면 단 몇 줄이라도 먼저 써놓는 것이다. 그리하면 우리의 뇌는 스스로도 의식하지 못하는 가운데 글을 매듭짓기 위해 노력한다. 다른 일을 하다가도 글과 관련한 생각이 떠오르는 이유도 여기에 있다. 특히 나 같이 일이 끝날 때까지는 긴장의 끈을 놓지 못하는 소심남, 강박에 가까운 불안 증세를 보이는 사람에게 효과 만점이다."[37]

나의 이용 방식은 좀 다르다. 나는 글을 쓰다가 막히면 그냥 중단한다. 좋은 생각이 나지 않을 때 글을 완성시키려고 붙들고 앉아 있으면 골치가 아파지고 글쓰기 자체가 싫어진다. 그런 경험을 몇 차례 한 후에 내가 스스로 택한 방법은 글을 미완성 상태로 놔두고, 그 대신 그걸 1~2줄 메모로 남겨 몸에 지니는 것이다. 그리고 한가하거나 자투리 시간에 그 메모를 보고 생각해보는 것이다. 그 결과는 놀라웠다. 훨씬 더 좋은 아이디어가 떠오르는 게 아닌가. 그래서 이젠 아예 미완성 상태를 즐기는 수준에까지 이르렀다.

그런 일엔 특히 걷기가 도움이 된다. 걷기보다는 산책이라는 단어가 멋있게 들리니 산책이라고 하자. 글쟁이에게 산책은 선택이 아니라 필수다. 글쓰기는 건강에 좋지 않기 때문이다. 그러니 아이디어 구상은 둘째치고 건강을 위해서라도 산책을 습관으로 삼는 게 좋다.

지방에 사는 축복 중의 하나는 시공간적 여유다. 나는 매일 집에서 학교까지 걸어 다닌다. 중간에 덕진공원이 있다. 왕복 1시간 거리이지만, 가끔 그곳에서 늑장도 피우면서 산책의 기쁨을 만끽한다. 뚜렷한 목적지가 있는 걷기인지라 엄밀한 의미의 산책이라고 할 수는 없지만, 산책의 느낌과 기분으로 걸으니 산책과 다를 바 없다. 미완성의 주제에 대해 뭔가 생각이 떠오르면 멈춰 서서 늘 몸에 지니고 다니는 종이에 메모를 한다.

처음엔 작은 수첩을 이용했는데, 주머니가 불룩해지는 게 싫어서 늘 몸에 A4 용지 1~2장을 지니고 다닌다. 누군가는 내게 딱하다는 듯 "왜 스마트폰을 이용하지 않느냐"고 물었지만, 그건 이런 경우 아날로그 방식의 신속성과 효율성을 몰라서 하는 말이다. 아니 각자 편한 대로 하면 되는 것이고, 중요한 건 메모 그 자체다.

나의 적자생존은 전방위적이다. 텔레비전을 시청하다가도 떠오르는 생각이 있으면 1~2줄 적고, 화장실, 심지어 당구를 치다가도 메모를 한다. 나중에 생각이 다시 날 텐데, 뭘 그리 주접을 떠느냐고? 절대 그렇지 않다. 내가 다른 사람들에게 일일이 물어보고 확인한 사실이다. 어느 순간 스쳐 지나가듯 떠오른 생각은 다시 떠오를 때도 있지만, 나중에 다시 찾아오지 않는 경우가 많다. 어렴풋하게 찾아와도 그때 했던 생각 중 상당 부분은 날아간다. 적어야 산다. 나는 그렇게 메모한 것을 컴퓨터에 입력해 관리한다.

꼭 이렇게 사는 게 좋은 건지는 확신이 서질 않아 독자들께

나처럼 살라고 말하진 못하겠다. 정도껏 하시되, 적자생존을 생활 신앙으로 삼는 건 글쓰기에 그만한 가치가 있다는 말씀은 꼭 드리고 싶다. 적자생존은 아이디어 창출과 더불어 글쓰기의 주요 동력이 되기 때문이다. 메모 습관을 갖는 순간 주변 풍경이 달라진다. 메모할 건수를 찾기 위해서인지 생각이 떠오른다. 생각이 떠올라 메모를 하는 게 아니라 메모를 하다 보니 생각이 떠오르는 일이 벌어진다는 것이다. 그것 참 재미있는 일이다. 특히 무엇에 대해 써야 할지 그게 막막한 사람들은 이런 메모 방식이 글감을 찾는 데에 매우 유리하다는 걸 힘주어 말씀드리고 싶다.

신문 사설로
공부하는 것은 양날의 칼이다

나는 논증형 글쓰기를 공부하려는 학생들에겐 신문 사설로 공부할 것을 권한다. 그런데 신문 사설이 글쓰기 공부의 교재로 적합하지 않다는 '사설 무용론'이 적잖이 퍼져 있어 이에 대해 짚고 넘어갈 필요가 있다는 생각이 든다. 이 '사설 무용론'엔 크게 보아 2가지가 있다.

첫째, 고전을 비롯해 좋은 책이 얼마나 많은데 겨우 하루살이 사설로 글쓰기 공부를 하느냐는 근본적인 무용론이다. 이 취지엔 십분 공감한다. 하지만 논증형 글쓰기에 국한해 집중적인 훈련을 위해 사설을 이용하자는 것이며, 사설만 읽으라는 것도 아니기 때문에 이는 논점을 다소 벗어난 비판이다.

둘째, 사설을 이용한 글쓰기 공부를 사설을 모방하라는 걸로 간주해 사설의 문제를 거론하는 현실적인 무용론이다. 이는 주로 대입 논술 전문가들이 하시는 말씀인데, 내 생각은 다르다. 이 두 번째 무용론에 대해 자세히 이야기해보자.

"논술 교재로 부적합하다. 이유는 없고 주장만 있다." 국내 대학의 논술 문제를 출제해온 교수들이 중앙 일간지들의 사설이 학생들의 글쓰기 연습에 도움이 안 된다며 한 말이다. 교수들은 사설이 글쓰기 공부의 교재로 부적합한 이유로 '정파적 편 가르기'와 그에 따른 비약, 편향, 근거 부족 등을 들었다.[38] 교수들뿐만 아니라 일부 논술 전문가들도 같은 생각이다. 예컨대, 우한기는 다음과 같이 말한다.

"신문 사설은 그리 도움이 되지 않는다. 대개의 사설은 자기주장이 매우 강하다. 그러나 그에 비해 그 논거는 아주 약한 경우가 많다. 더구나 특정한 사실을 침소봉대해 자기 근거로 쓰는 '아전인수'도 자주 보인다. 짧은 분량으로 강한 주장을 펴다 보니 생기는 문제다. 이런 글을 자주 접하다 보면 자기도 모르는 사이에 독선적인 글로 흐를 위험마저 있다."[39]

이런 우려에 일정 부분 공감하기에 신문 사설로 공부하는 것은 양날의 칼이라고 할 수 있겠다. 하지만 어떻게 하느냐에 따라 내 손을 다치게 할 수 있는 날은 얼마든지 피할 수 있는 문제라고 본다. 고등학생은 대학생과는 다르다고 볼 수도 있겠지만, 나는 고등학생이라도 신문 사설은 어느 나라를 막론하고 '정파적 편 가르기'를 한다는 현실을 피하기보다는 정면으로 마주하는 게 필요하다고 본다.

생각하기에 따라선, 바로 그런 이유 때문에 사설이야말로 최상의 논술 교재일 수 있다. '정파적 편 가르기'와 그에 따른 비약, 편향, 근거 부족 등의 문제를 역이용하기 위해 색깔이 다른 신문을 2개 이상 보는 게 필요하다. 가장 좋은 건 보수파 · 진보파 · 중간파를 대표하는 신문 3개를 보는 것이다. 각기 다른 논조를 비교 평가하다 보면 얻는 게 훨씬 더 많아진다.

그래도 수긍할 수 없다면, '역발상 작문법'은 어떠냐는 제안을 하고 싶다. 역발상 작문법은 좋은 작문과 나쁜 작문을 판별할 수 있게 만드는 글쓰기 훈련 기법이다. 존 보르하우스John Vorhaus는 학생들에게 작문을 가르치면서 먼저 "가능한 한 마침표가 나오지 않도록 한 문장을 길게 늘여라", "말도 안 되는 문장을 써라", "어울리지 않는 비유법을 나열하라", "같은 말을 되풀이하라"고 지시했다. 이런 식으로 '준비운동'을 하면 좋은 문장과 나쁜 문장의 차이를 알게 되고 전혀 글을 쓰지 않은 것보다는 글을 잘못 쓰는 것에서 많이 배울 수도 있으므로 작문 실력이 향상된

다는 것이다.[40]

꼭 그렇게까지 할 필요는 없으리라 믿고 싶다. 신문들이 모든 주제에 대해 다 '정파적 편 가르기'를 하는 것도 아니기 때문에 '정파적 편 가르기'를 너무 염려할 필요는 없다. 오히려 그것보다는 사설을 이해할 수 있느냐의 문제다. 행동사회과학 연구기관인 '미국조사연구소'가 졸업을 앞둔 대학생 1,827명을 대상으로 조사를 벌인 결과, 4년제 대학생의 절반과 2년제 대학생 4분의 3은 신문 사설의 논점을 이해하지 못하는 것으로 나타났다.[41] 한국은 어떨까?

신문 사설의 강점은 압축성이다. 논술 수험생들이 반드시 배워야 할 가장 중요한 덕목이다. 압축이 얼마나 어려운가 하는 것은 많은 지식인이 긴 글을 쓰는 것보다 짧은 글을 쓰는 것이 어렵다고 말하는 데에서도 잘 드러난다. 2004년 한 해 동안 6대 일간지를 통틀어 가장 많은 오피니언 칼럼을 쓴 고려대학교 명예교수 김우창은 "글을 쓰는 데는 3~4시간이 걸리는데, 줄이는 데 시간이 더 걸린다"고 말했다.[42]

김우창이 『경향신문』에 연재했던 칼럼은 원고지 18매 분량이다. 취업 논술의 분량은 기업마다 각기 다르다. 최소 6매에서 20매 넘는 분량의 글을 쓰게 하는 기업도 있다. 일반적인 글쓰기를 위해 일단 10매 분량의 글쓰기에 주력하면서 '압축 기술'을 연마해보는 게 좋겠다. 압축적 글쓰기 능력은 신문사 논설위원들이 대학교수들보다 훨씬 낫다. 신문 사설을 놓고 공부하다 보면 중요한 시사 문제들에 대한 이해도 깊어진다. 그 안에 시사 상식도 적잖이 들어 있다. 다용도 공부가 되는 것이다.

『언론고시, 하우 투 패스』라는 책은 언론고시생들에 국한해 신문 사설 공부의 부작용도 경고하고 있어 눈길이 간다. 평소에 사설이나 칼럼을 쓰는 고참 기자들이 채점을 하는데, 이들은 신문에서 읽어본 듯한 글과 비슷한 답안이 있으면 "얘는 그냥 어디서 대충 읽고 따라하는군" 이라는 생각과 함께 과감히 감점을 한다는 것이다.

그렇다면 어떻게 해야 할까? 대충 읽고 따라하지 말고 비판적으로 읽으면서 장점만 취하면 된다. 신문 사설로 공부를 한다 하더라도 '강한 주장'을 하는 것까지 흉내낼 필요는 없다. 그 주장으로 나아가기까지의 과정에 주목하자. 그리고 다시 말하지만 신문 사설의 최대 강점은 '압축적 글쓰기'에 있다는 것을 잊지 말자. 그거 하나만으로도 배울 게 아주 많다. '비판적 읽기'를 통해 신문 사설의 강점을 최대한 이용하자. 또 취업 논술은 대입 논술과는 달리 비교적 '주장'을 허용하거나 요구한다는 것도 감안하자.

사설을 인터넷을 통해 대충 한 번 스쳐 지나가는 식으로 읽는
건 별 도움이 안 된다. 한 번 읽고 나중에 또 읽고 하는 식으로 5~
6번 읽어야 한다. 이 공부는 아날로그 방식으로 하는 게 좋다. 노
트에 붙여놓고 밑줄 그어가며 반복해서 읽으라는 것이다. 자신의
글쓰기 형식이 사설체를 닮을까봐 염려할 필요는 없다. 일단 배
우는 과정에선 모방이 필요하며, 나중에 자신의 실력이 쌓이면 반
드시 자기 나름의 스타일이 나오게 되어 있다.

제2장
태도에 대하여

글의 전체 그림을
미리 한 번 그려보라

....
....!

집을 지으려면 설계도가 필요하듯, 글을 쓰기 전에 글의 주제에 대한 전체 그림을 미리 한 번 그려보자. 정교한 설계도를 요구하는 건 아니기에, 그저 밑그림이라고 해도 좋겠다. 일단 총론을 세워놓고 각론으로 들어가자는 뜻이기도 하다. 그렇게 하지 않는 사람이 있느냐고 반문할 사람도 있겠지만, 의외로 많은 학생이 주제의 어느 한 부분에 대해서만 이야기하는 경향이 매우 강하다. 주제에 대해 잘 몰라서 그렇다기보다는 아예 처음부터 주제 전체의 모습을 요리해보겠다는 마인드가 없기 때문이다.

주제에 대해 잘 몰라 전체 그림을 그려보는 게 힘들 수 있다. 그럴 경우에도 자신의 주장이 전체 그림의 일부에 지나지 않는다는 걸 깨닫는 건 꼭 필요하다. 그래야 자기 정당화도 가능하다. 가령 나는 이게 가장 중요하다고 생각하기 때문에 이걸 중점적으로 다루어보겠다는 식으로 말이다.

그 당연한 귀결로, 글쓰기에 돌입하기 전에 논점을 확실히 하는 건 물론 논리 전개 방식까지 미리 머릿속에 정리해두어야 한다. 그렇게 하지 않고 써나가다 보면 나중에 논점을 잃고 갈팡질팡하게 된다. 할 말이 없어서 그러면 할 수 없지만 할 말이 너무 많은 탓에 그런 상황에 직면하게 된다면 너무 억울하지 않은가.

평가를 받아야 하는 학생의 처지에선 중요도에 따른 지면 배분을 미리 해보는 것도 필요하다. 당신은 제한된 지면과 시간에 얽매인 처지다. 결코 한가롭지 않다. 중요한 건 부각해야 한다. 이는 글의 총체성과 포괄성을 배려하라는 말과 통하는 것이나, 특별히 '악센트'를 주어야 할 필요가 있다는 걸로 이해하면 될 것이다.

한 학생은 200자 원고지 10매도 안 되는 글에서 "이 글에서는 우리 내부의 모습을 되짚어보고자 한다"고 말했다. 또 다른 학생은 200자 원고 5매도 안 되는 분량의 글에서 "한일 양국에 대한 관계와 커뮤니케이션에 대한 이야기를 하기에 앞서, 과거의 한일 관계와 현실 진단을 하고, 앞으로 전망을 해보고자 한다"고 말했다.

하희정·이재성은 그런 군더더기 말에 대해 '글쓰기 과정 중계방송'이라는 재미있는 표현을 썼다.[1] 고려대학교 교수 이남호는 "원고지 3분의 1을 이런 '낭비성 문장'으로 채우는 수험생도 있는데, 이는 자신의 글쓰기 실력과 사고력이 부족하다는 걸 드러내는 일이다"고 말한다.[2] 연세대학교 문과대 B 교수는 "심지어 제시문 안의 내용을 풀어 쓰는 학생도 있으니 이것 참……. 이런 식으로 지면을 채우는 건 낭비다. 서두를 지나치게 길게 쓴 글을 보면 신경질이 날 때도 있다"고 털어놓았다.[3]

학생들이 그런 '낭비성 문장'을 구사하는 건 성격 탓일 수도 있다. 지나치게 자상한 성격이나 돌다리 두들겨보고 또 두들겨보고 건너는 완벽주의 기질 때문일 수도 있다는 것이다. 혹 채점관이 모를까봐 불안해하는 마음이 그런 불필요한 서비스를 베풀게 하진 않았을까?

그러나 명심하자. 지면은 좁고 해야 할 말은 많다. '글쓰기 과정 중계방송'에 해당될 수 있는 자기 설명은 없애거나 최소한 다른 어법으로 소화해야 한다. 예컨대, "한일 양국에 대한 관계와 커뮤니케이션에 대한 이야기를 하기에 앞서, 과거의 한일 관계와 현실 진단을 하고, 앞으로 전망을 해보고자 한다"는 "우선 그간의 한일 관계부터 살펴보자"라는 식으로 최소화할 수 있을 것이다.

지면은 좁고 해야 할 말은 많으므로 서론, 본론, 결론 지면 할애에 균형을 취하는 것도 글을 쓰기 전에 미리 해두어야 할 일이다. 다만 그런 3분법에 너무 얽매일 필요는 없다. 서론, 본론, 결론 이라는 형식을 버리고 논증을 취해야 실용적 글쓰기를 잘할 수 있다는 주장도 그런 의미에서 이해하면 되겠다. 이 주장을 펴는 탁석산은 읽는 사람에게 이 글이 무엇을 말하려는지 미리 알려주는 것이 서론이고 글을 마치면서 무엇을 말했는지 정리해주는 것이 결론이라고 말한다.

"서론, 본론, 결론이 확연하게 구분되는 패턴화된 글은 읽는 이를 지치게 만든다. 따라서 서론, 본론, 결론이 확연하게 구분되는 글을 쓰지 말고 신문이나 잡지의 칼럼 형식으로 써야 한다. 칼럼은 논증의 형식을 따라야 한다. 논증이란 자신의 주장인 결론과 주장을 뒷받침하는 전제로 구성된다. 다시 말해서 칼럼은 서론, 본론, 결론의 형식을 따르지 않고 논증 형식으로 쓴다는 것이다. 서론, 본론, 결론은 하나의 형식에 불과하다. 보고서나 논문을 보면 모두 서론과 결론이 있는데 이는 서비스 차원에서 두는 것으로 없어도 무방하다."[4]

이는 말하기 나름의 문제인 것으로 보인다. 즉, 탁석산이 말하는 논증 형식의 글에서도 애써 구분하자면 '서론'과 '본론'에 해당되는 부분이 있을 수 있다는 것이다. 오히려 문제는 서론, 본론, 결론 구분을 확실하게 하기 위해 지면을 낭비하는 경우다. 주로 법대생들에게 그런 경향이 강하게 나타났는데, 일반적인 논증형 글쓰기에선 그 구분을 명시적으로 하지 말고 자연스럽게 글에 녹여내는 게 바람직하다.

이남훈은 결론부터 내려놓고 시작하면서 결론에 '왜'와 '어떻게'라는 질문을 던지면서 메시지가 갖는 주요 내용인 사실, 정보, 경고, 교훈, 의도 등과 같은 살만 붙이면 글이 된다고 주장한다.[5] 물론 글을 쓰다가 결론이 바뀔 수도 있으며, 그게 글쓰기의 큰 기쁨이다. 다만 시험 글쓰기에선 그런 기쁨을 누릴 겨를이 없으니, 이남훈의 조언도 실전에선 도움이 된다고 볼 수 있겠다.

단락 구분을 하지 않아 읽는 사람에게 숨 쉴 시간을 주지 않는 식으로 글을 쓰는 학생들도 있었는데, 이것 역시 글의 전체 그림을 미리 한 번 그려보지 않았기 때문에 생긴 문제다. 정반대로 한 문장이 끝날 때마다 줄을 바꾸는 학생들도 있었는데, 그것 역시 바람직하지 않다(인터넷 글쓰기의 영향 때문인가?). 문장을 이어 붙여 단락 구분을 해주면 좋겠다.

단락paragraph은 '문단'이라고도 한다. 둘의 차이를 구분하는 사람도 있지만, 국립국어원조차도 명쾌한 유권해석을 내려주질 못해 보통 같은 뜻으로 쓴다.[6] 단락 구분을 하면서 글을 쓰겠다고 마음먹는 순간 한 단락엔 하나의 주장이나 아이디어가 들어가는 게 좋겠구나 하는 생각이 저절로 들 것이다. 단락 구분은 읽는 사람에게 숨 쉴 시간을 주는 동시에 글의 흐름을 매끄럽게 하고 의미를 확실하게 만드는 데에도 꼭 필요하다. 단락을 나누다 보면 글의 전반적인 균형 감각을 검증하게 될 기회도 갖게 된다.

글쓰기 능력을 평가받는 시험에서 시간을 아끼겠다고 곧장 써내려가다가 낭패를 보는 수가 있는데, 그거야말로 소탐대실小貪大失이다. 성균관대학교 학부대학 교수 박정하는 "(대입) 논술 답안을 구상하는 데 최소한 전체 시간의 3분의 1 이상을 투여해야 한다"고 말하는데,[7] 이는 시험의 성격과 사람에 따라 얼마든지 다를 수 있다. 운 좋게 자신이 잘 아는 주제라면 5분의 1도 가능할 것이고, 글씨를 느리게 쓰는 사람은 4분의 1 정도를 할애하는 것이 바람직할 것이다.

글의 전체 그림을 미리 한 번 그려보지 않았기 때문에 생기는 지면 낭비는 곧 시간 낭비를 의미하는 것이기도 하다. 달리 말하자면, 시간은 없고 해야 할 말은 많다는 뜻이다. 글쓰기 시험은 시간과의 싸움이기도 하다. 지면과 시간을 낭비하지 않게끔 글쓰기에 돌입하기 전에 미리 자신이 할 말에 지면 배분을 해보는 시도를 머릿속에서 하는 게 꼭 필요하다. 잊지 말자. 형편없는 실력을 가진 학생이 아니라면, 늘 지면은 좁고 해야 할 말은 많다.

'간결 신화'에
너무 주눅 들지 마라

....!

거의 모든 글쓰기 책에 빠지지 않고 등장하는 글쓰기의 절대 원칙으로 '간결'이 있다. 간결簡潔은 '간단하고 깔끔하다' 또는 '간단하면서도 짜임새가 있다'는 뜻이다. 이미 다른 글쓰기 책을 여러 권 읽어본 독자라면 '간결'의 중요성이 얼마나 자주 반복되고 있는지 흔쾌히 동의하실 게다.

볼테르Voltaire, 1694~1778는 "형용사는 명사의 적이다"고 했다. 작가치고 간결을 예찬하지 않는 이가 없지만, 말을 재미있게 하는 쇼펜하우어Schopenhauer, 1788~1860의 주장을 감상해보자. 쇼펜하우어는 볼테르의 이 말을 인용하면서 "되도록 많은 단어들을 구사해 자신의 사상적인 빈곤을 은폐하려는 저술가가 많은 것은 말할 나위도 없다"며 "독자가 고생해서 읽을 만한 가치가 없는 단어를 길게 나열하는 행위는 무조건 피해야 한다"고 주장한다.

"적은 분량의 사상을 전달하기 위해 다량의 언어를 사용하는 것은 작가의 자격이 없다는 사실을 스스로 증명하는 것밖에 되지 않는다. 모든 위대한 작가들은 다량의 사상을 표현하기 위해 소량의 언어를 사용했다. 진리는 간결하게 표현될수록 독자에게 깊은 감동을 전달한다. 그 이유는 첫 번째, 독자의 마음을 분산시키는 원인을 미리 차단할 수 있기 때문이다. 두 번째, 독자가 수사적 기교에 농락당하거나 기만당해서는 안 되기 때문이다."[8]

어니스트 헤밍웨이Ernest Hemingway, 1899~1961도 비슷한 주장을 했는데, 이는 흔히 '빙산 이론'으로 불린다. "만약 한 산문 작가가 자기가 무슨 글을 쓰고 있는지에 대하여 충분히 알고 있다면, 자신이 알고 있는 바를 생략할 수 있으며, 작가가 충분히 진실 되게 글을 쓰고 있다면 독자들은 마치 작가가 그것들을 진술한 것과 마찬가지로 강렬한 느낌을 받게 될 것이다. 빙산 이동의 위엄은 오직 팔분의 일에 해당하는 부분만이 물 위에 떠 있다는 데 있다."[9]

글쓰기 책들이 주장하는 '간결'의 필요성이 이런 경지에까지 이를 것을 요구하는 건 아니며, 꼭 지켜야 할 간결의 원칙을 역설하기도 한다. 나 역시 앞서 간결이라는 말은 쓰지 않았을망정 사실상 간결의 필요성을 강조하는 말을 많이 했다. 그럼에도 나는 간결이 지나치게 광범위하게 강조되고 있으며, 특히 글쓰기 초심자에겐 오히려 역효과를 낼 수 있는 게 아닌가 하는 생각을 하게 되었다. 그래서 감히 '간결 신화'에 너무 주눅 들지 말라는 말씀을 드리고 싶다.

누울 자리를 보고 다리를 뻗어야 한다는 말이 있다. 우리는 영어회화를 배우더라도 자신의 실력에 따라 초급반·중급반·고급반 중 적절한 반을 골라서 간다. 욕심이 앞서 초급반에 들어가야 할 사람이 고급반에 들어가면 어떤 일이 벌어질까? 간결의 원칙에 따라 더는 길게 설명 드리지 않겠다.

간결은 오직 문장에만 국한된 것인가? 아니면 글 전체 또는 책 전체에 걸쳐 적용해야 할 원칙인가? 나는 후자의 뜻으로 이해한다. 간결을 강조하는 글쓰기 책들은 흥미롭게도 거의 대부분 간결하지 않다. 간결의 원칙에 따라 핵심 내용 중심으로 압축하자면, 대부분 절반, 아니 절반의 절반으로 줄여도 무방하다. 이 책 역시 마찬가지일 게다.

왜 글쓰기 책들은 간결하지 않은가? 아니, 왜 간결할 수 없는가? 글쓰기를 싫어하거나 어려워하는 사람들을 상대로 설득을 하고 자상하게 설명해야 할 필요가 있기 때문이다. 이미 한 이야기를 여러 형식으로 바꿔 줄기차게 반복해야만 한다. 교육의 속성이 원래 그렇다.

거의 모든 글쓰기 책이 접속사(접속 부사)를 쓰지 말라거나 자제하라고 주문하지만, 예외적으로 "글의 흐름을 명확히 보여주려면 접속사를 사용하라"고 주문하는 이도 있다. 접속사는 언어 세계의 신호등이기 때문에 글의 흐름을 좀더 명확하게 보여줄 수 있다는 이유에서다.[10] 나는 이 예외적인 주장에 한 표를 던지련다. '그러나'가 없어도 의미가 통하면 '그러나'를 빼는 게 간결한 글을 만드는 데에 중요하다지만, '그러나'가 있으면 독자가 훨씬 더 쉽고 빨리 이해할 수 있다. 그렇다면 이런 경우 '간결'은 도대체 누구를 위한 것일까?

글쓰기는 소통이다. 동료 집단을 대상으로 한 글쓰기도 있지만, 글의 주제에 대해 문외한인 보통 사람들을 대상으로 한 글쓰기도 있다. 우리는 여기서 글이 읽히는 콘텍스트에도 주목해야 한다. 영화와 텔레비전을 예로 들어 설명해보자. 영화 관객과 시청자는 똑같은 사람일망정 그들이 텍스트를 대하는 자세는 크게 다르다. 영화는 내 돈 내고 일부러 찾아가서 조용하게 몰입하면서 보는 반면, 텔레비전은 안방에서 가족들과 이야기를 나누거나 딴 일 하면서 집중하지 않은 채로 본다. 영화 평론의 기준을 텔레비전 평론에 적용하면 안 되고, 그 반대도 마찬가지다.

글이 어떤 글이냐에 따라, 어떤 미디어에 실리느냐에 따라 독자가 그 글을 대하는 자세는 크게 다르다. 문학적 글의 독자는 영화 관객과 비슷하기에 헤밍웨이의 빙산 이론이 먹혀들 수 있지만, 실용적 글들 중엔 텔레비전 시청자들과 같은 독자를 상대해야 하는 글이 있다. 간결이 꼭 미덕일 수도 없으며, 어설프게 흉내냈다간 오히려 곤란한 상황이 벌어질 수도 있다. 특히 초심자들은 글쓰기 자체가 어려운 사람들인데, 그들에게 간결하게 써야 한다고 강조하는 건 괜한 겁주기는 아닐까?

전문가들이 요구하는 간결한 글쓰기의 기본 취지엔 동의하면서도 그런 글쓰기는 우리의 일상적 삶과는 거리가 좀 있다는 점을 강조하고 싶다. 예컨대, "진심으로 축하드립니다"에서 '진심으로'는 사실 불필요한 것이다. '진심으로'라는 말이 없으면 진심으로 축하하지는 않는다는 뜻이냐고 물으면 뭐라고 답할 것인가? 하지만 우리는 그걸 잘 알면서도 '축하' 앞에는 '진심으로'라거나 그 밖의 수식어를 주렁주렁 매다는 언어 습관을 갖고 있다.

문어도 그런 구어의 관행을 따라야 한다는 뜻으로 하는 말이 아니다. '익숙함의 독재'에 대해 말하는 것이다. 개인적인 자기계발에선 '익숙함의 독재'는 타파해야 할 적이지만, 상호 소통을 위해서는 어느 정도 그 독재에 영합할 필요가 있다는 이야기다. 그렇다고 해서 나의 이런 문제 제기를 간결한 글쓰기를 무시해도 된다는 뜻으로 받아들이면 곤란하다. 그런 뜻이 결코 아님을 아실 만한 독자들이 아닌가. '간결 신화'에 너무 주눅 든 나머지 글쓰기를 멀리 할 독자들이 있을까봐 노파심에서 하는 말이다.

김훈을 함부로
흉내내다간 큰일 난다

....

....!

널리 알려진 사실이지만, 전 대통령 박근혜의 말엔 마침표가 없었다. 끝없이 이어진다. 글로 옮긴다면 끝을 모르는 장문인 셈인데, 엄밀히 말하자면 장문도 아니다. 비문非文의 덩어리였을 뿐이다. 그 좋지 않은 버릇 하나 바로잡아줄 수 없는 '충신'이 곁에 하나도 없었다니, 이만저만 안타까운 일이었다.

간결하지 못한 글과 말은 생각 자체가 안개 속을 헤매고 있다는 걸 말해주는 건 아닐까? 다른 면에선 제법 매력적임에도, 말을 박근혜처럼 하는 사람을 보면 그 사람의 지성을 의심하게 되는 것도 그럴 만한 근거가 있는 게 아닐까? 간결이 글쓰기의 절대 법칙으로 통용되고 있는 건 바로 그런 이유 때문인지도 모르겠다.

'간결 예찬론'의 쌍둥이는 '단문 예찬론'이다. 강력하고 아름다운 단문의 모범 사례로 자주 지목되는 작가가 바로 김훈이다. 김훈의 글을 베껴 쓰기 하는 연습을 해보는 게 좋다는 조언까지 나온다. 그 선의와 취지는 십분 이해하면서도 나는 감히 김훈을 함부로 흉내내다간 큰일 난다는 말씀을 드리고 싶다. 김훈이라는 황새를 따라가다 뱁새의 가랑이가 찢어지는 불상사를 막기 위해서다.

김훈은 전문 문인들 중에서도 자신만의 독보적인 문체를 개발한 작가다. 그 예술적 가치에 대해선 수많은 평론가가 극찬을 해왔으므로 나 같은 문학 문외한까지 나서서 거들 필요는 없을 게다. 문인 지망생이 나름 뜻한 바 있어 주관을 갖고 김훈을 흉내내는 건 바람직할 수 있겠지만, 실용적 글쓰기를 하려는 사람들까지 흉내내는 건 어리석다.

내가 왜 이렇게까지 단언을 하는가? 김훈의 단문이 화제가 되면서 실제로 김훈식 문체를 흉내내는 사람들이 제법 늘었는데, 칼럼 등과 같은 시사적 글쓰기에 도입된 김훈식 문체는 나의 호흡을 매우 힘들게 만들었기 때문이다. 나는 호흡 장애가 있는 사람이 아니라는 걸 밝혀둔다. 언제 끝날지 모르는 긴 문장만 호흡을 어렵게 만드는 게 아니다. 너무 짧은 글도 정상적인 호흡에 지장을 준다.

이건 내가 가장 먼저 한 생각이라고 믿었는데, 글로는 한 발 늦었다. 공개된 글로 이런 주장을 2017년에 발표한 이가 있으니 '선행연구 검토' 차원에서 소개하지 않을 수 없다. 이미 앞서 몇 차례 소개한 이남훈이다. 그는 "초등학생 글쓰기를 본받고 싶은가"라며 도발적인 자세로 문제를 제기한다. 단문은 하나의 주어와 하나의 서술어만 있는 문장인데, "짧은 문장이 최선이라면, 라면은 최고의 음식인가"라고 묻는다.

그는 김훈을 높게 평가하면서도 단문은 소설적 표현법의 하나일 뿐이며, 김훈이라는 작가에게나 어울리는 작법이라며, "일반적인 글에서 '주어+동사'로만 이뤄진 단문으로 계속 단락이 이어진다면, 그것은 '초등학생 글쓰기'라는 비난에 직면할 것이다"고 주장한다. 예컨대, "나는 오늘 친구를 만났다. 친구와 게임을 했다. 그런데 친구 엄마가 친구를 찾아왔다. 배가 고파서 밥을 먹었다"는 식으로 쓰는 게 좋으냐는 것이다. 그는 이런 결론을 내린다.

"복문과 단문이 조화롭게 어우러질 때 리듬감이 꽃핀다. 더구나 인간의 사고 자체도 단문이 아니다. 나 자신이 생각을 어떻게 하는지 떠올려보면 바로 이해가 갈 것이다. 누구도 '배가 고프다, 밥 먹어야 한다, 짜장면 먹자, 단무지가 많아야 할 텐데'라고 사고하지 않는다. 글쓰기라는 것이 결국 생각을 옮기는 과정이라면, 과한 단문은 종합적인 사고력을 담아내지 못할 뿐만 아니라 부자연스럽기까지 하다."[11]

좋은 지적이다. 그런데 복문과 단문의 비율이 어느 정도여야 조화롭게 어우러질 수 있을까? 강원국은 단문 예찬론을 펴면서도 단문이 정답은 아니라고 단서를 달면서 이렇게 말한다. "짧게 치면 숨 가쁘다. 유려한 멋도 없다. 단문과 장문을 섞어 쓰는 게 좋다. 7대 3이나 8대 2로 어우러져 리듬감 있는 글이 바람직하다."[12]

역시 강원국이다. 나는 그의 균형 감각을 좋아하는데, 단문 예찬론에서도 그게 유감없이 발휘되고 있으니 어찌 좋아하지 않을 수 있으랴. 나는 강원국이 말한 비율보다 장문을 더 써도 무방하다고 보지만, 그런 비율보다는 장문을 써야 할 당위성이 있느냐를 중시한다. 글의 성격에 따라 그 비율은 얼마든지 달라질 수 있다고 보는 것이다.

"일반적으로 긴 문장 세 개를 연이어서 쓰면 네 번째 문장은 짧게 쓰는 것이 좋다"고 말하는 존 트림블John R. Trimble은 강원국의 비율이 거꾸로 뒤집어져도 좋다고 생각하는 것 같다. 그는 단문으로 유명한 헤밍웨이의 『온 더 블루 워터One the Blue Water』엔 각각 23, 109, 55, 58, 60개의 단어로 이루어진 장문이 5개가 연이어 등장하는데, 이 대목들은 그의 모든 작품 속에서 가장 뛰어난

것에 속한다는 점을 강조하기도 한다.[13]

버지니아 울프Virginia Woolf, 1882~1941의 에세이 「병듦에 관하여 On Being Ill」는 149개 단어로 된 한 문장으로 시작한다. 윌리엄 진서William Zinsser, 1922~2015는 자신이 강조한 간결성에 정면으로 배치됨에도 이 긴 문장을 좋아한다고 말한다. 그 이유는 울프가 문장을 처음부터 끝까지 완벽하게 장악하고 있는데다 놀랍도록 생생한 이미지를 그려 자신의 마음의 눈으로 끝까지 문장의 흐름을 따라갈 수 있기 때문이란다.[14]

사실 단문 예찬론이 나오게 된 데엔 법조인들의 책임도 있다. 법조인들의 장문이 악명惡名을 떨치다보니 그에 대한 반작용으로 단문이 필요 이상으로 예찬 받은 점이 있다는 말이다. 어느 판사는 한 판결문에서 200자 원고지 4장 분량(855자)의 글을 단 한 문장으로 서술하는 '묘기'를 선보이기도 했다.[15]

로스쿨 출범 이전 가끔 내 수업에 법대생들이 들어왔는데, 나는 그들의 리포트나 시험 답안지를 보고 "교육이 무섭구나!" 하는 생각을 했다. 그들은 이미 장문에 익숙해 있었다. 어떤 학생에게서 "단문으로 글을 쓰면 교수님께 혼난다"는 말까지 들었다.

좋다. 양보하자. 법조인들처럼 장문으로 글을 쓰는 것도 좋다. 문제는 그 문장에 책임을 져야 한다는 것이다. 장문의 가장 큰 위험은 비문非文이 될 가능성이 높다는 데에 있다. 실제로 법조인들이 쓴 장문에선 비문을 심심치 않게 발견할 수 있다. 초심자에겐 더 말해 무엇하랴.

초심자가 비문을 피하기 위해 일종의 훈련 과정으로 단문을 쓰는 건 권할 만하다. 소셜미디어 시대를 맞아 이른바 '세 줄 요약'이 일상화되고 있다 하니, 굳이 권할 필요도 없겠지만 말이다. 『매일 세 줄 글쓰기』의 저자 김남영은 "인스타그램만 봐도 한 줄이어도 길면 안 읽는 게 요즘 세대"라면서도 "세 줄은 가독을 위한 심리적 장치이기에 가볍게 매일 세 줄씩 쓰다 보면 점차 글쓰기 부담도 사라질 것"이라고 말한다.[16]

단문 중심의 글쓰기 연습은 과도기적 훈련법이다. 그렇게 훈련하다가 단문으로 글쓰기가 습관이 되면 어떡하냐는 반론도 있을 순 있지만, 그런 걱정을 하기엔 비문의 문제가 너무 심각하다. 서울대학교가 신입생을 대상으로 2017년 처음 도입한 '글쓰기 능력 평가'에서 10명 중 4명가량이 '글쓰기 능력 부족' 평가를 받았다. 전체 응시자의 25퍼센트는 서울대학교의 정규 글쓰기 과목을 수강하기 어려울 정도로 글쓰기 능력이 부족했는데, 주요 평가 중 하나는 "명확하지 않은 표현을 사용하고 비문이 많다"는 것이었다.[17]

자연과학대학 신입생을 대상으로 한 글쓰기 능력 평가였던 지라 인문사회과학 분야의 고학년 학생들은 좀 나을 수도 있겠지만, 어느 대학 어느 전공을 막론하고 비문의 문제가 심각하다는 것은 교수들이 이구동성으로 하는 말이다. 하기야 나를 포함한 교수들의 글에도 비문이 나오는데 학생들만 탓할 일은 아니겠지만 말이다.

나는 글쓰기 특강을 할 때에 장문을 여러 개의 단문으로 쪼개주는 서비스를 자주 베풀어준다. 독자들께선 일단 글을 써놓은 다음에 장문에 비문은 없는지, 비문은 없다 하더라도 여러 개의 단문으로 나누는 게 더 좋은 건 아닌지 퇴고 시에 꼭 검토해보기 바란다. 김훈을 함부로 흉내내다간 큰일 난다는 점을 명심하면서 말이다.

인용은 강준만처럼
많이 하지 마라

_____

_____!

많은 인용을 비판하는 이가 많다. 예컨대, 남정욱은 "인용으로 시작해 인용으로 끝나는 글을 싫어한다. 인용의 거대한 무덤 같은 글을 보면 숨이 막힌다"고 했는데, 바로 내가 그렇게 일부 독자들을 숨 막히게 한 장본인이었다. 이미 '머리말'에서 할 이야긴 다 했기 때문에 "인용은 강준만처럼 많이 하지 마라"는 말에 "왜 한 말 또 해?"라고 짜증을 내실지도 모르겠다. 하지만 더 들을 가치가 있는 이야기니, 짜증을 잠시 억누르는 게 좋을 것 같다.

남정욱은 이어 다음과 같이 말한다. "저절로 인용이 될 것이기에 가능하면 읽지 않으려고 애썼고 읽더라도 기억하지 않으려고 끄트머리엔 술을 마셨다." 물론 남정욱은 그건 옛날이야기라며, 이젠 오로지 자신의 통찰만으로 세상을 표현하고 싶다는 무식한 생각은 절대 안 한다고 했다.[18] 그러면서 내세운 주장이 앞서 소개한, "글쓰기의 최상은 잘 베끼는 것이다"는 법칙이었다.

'잘 베끼는 것'의 취지는 잘 이해하셨으리라 믿는다. 그런데 그것만으론 부족하다. 양념이 필요하다. 양념은 음식의 맛을 좌우할 수 있다는 점에서 매우 중요하다. '그까짓 양념' 하면서 우습게 볼 일이 절대 아니다. 인용은 양념이다. 양념 없는 음식은 상상하기조차 어렵다.

하지만 양념이 지나치면 음식을 망친다. 나는 반면교사反面教師를 위한 산증인이다. 하지만 "인용은 강준만처럼 많이 하지 마라"고 말하는 나의 본심은 너무 많은 양념을 경고하면서 사실상 양념의 중요성을 강조하기 위한 것이다. 성공한 사람만 성공에 대해 말할 수 있는 게 아니다. 실패한 사람이 성공에 대해 말하는 게 더 나을 수도 있다.

어느 베스트셀러의 제목을 원용하자면, 잘된 인용은 고래도 춤추게 한다. 인용의 효과는 여러 가지를 들 수 있겠지만, 나는 크게 보아 다음 3가지로 정리하련다.

첫째, 논거를 뒷받침하기 위한 '권위의 이용'이다. 이게 가장 많이 사용되는 유형인지라, 오죽하면 논리학에선 '권위 이용의 오류'라는 게 나왔겠는가. 권위 이용의 오류는 논쟁이나 글쓰기에서 권위 있는 사람의 진술이나 개념에 의존해 논증하려는 오류를 말한다. '오류'라고 하지만, 논리학적으로만 그럴 뿐 수사학적으론 정반대다. 현실에선 '권위'가 꽤 잘 먹혀든다. 그러나 권위 있는 인물의 말을 인용하더라도 너무 뻔한 말을 인용하면 속 보인다. 필자가 권위에 약하다는 걸 스스로 드러냄으로써 역효과를 낼 수도 있다. 알맹이 있는 말과 더불어 맥락에 맞는 말을 찾아내 인용해야 한다.

당신이 음모론에 관한 글을 쓴다고 가정해보자. 음모론은 사라질 수 없는 인간의 본성에 가까운 것이라는 주장을 하고자 한다면 음모론을 '종교적 미신의 세속화'로 진단한 칼 포퍼Karl Popper, 1902~1994를 인용할 만하다. 무엇보다도 간단한 압축미를 자랑하지 않는가.

인용 시 권위를 이용하더라도 자신이 하는 주장의 반대편에 있다고 생각되는 사람의 말을 인용하는 게 더 효과적이다. 예컨대, 개혁엔 인내가 필요하다는 주장을 하고자 할 때엔 "인간은 그들 자신의 역사를 만들지만 그들이 원하는 대로 만들진 못한다"는 카를 마르크스Karl Marx, 1818~1883의 말을 인용하면서 그 이유를 설명할 수도 있다. 『중앙일보』 칼럼니스트 이정재는 경제를 정치처럼 다루는 정책을 비판하기 위해 "경제 문제에 있어서는 의지가 현실을 극복할 수 없다"는 마르크스의 말을 인용했는데,[19] 이는 매우 성공적인 인용이라 할 수 있겠다.

의존하고자 하는 권위에 대한 폭 넓은 공감대가 형성되어 있지 않은 경우도 있다. 한 학생은 이념 투쟁을 다룬 글에서 "가수 싸이는 〈챔피언〉이라는 노래에서 '서로 편 가르지 않는 것이 숙제'라고 주장한다. 편을 가르는 그 시간에 서로를 이해하고 포용하려는 자세가 그리울 따름이다"라고 말했다. 이 학생에게 싸이의 메시지는 권위를 갖겠지만, 대중가요 가사의 권위에 의존하는 건 논란의 소지가 있을 수 있다. 이 경우엔 '권위 의존'이라기보다는 가슴에 팍 와닿는 대중적 경구에 의존한 것이라고 봐야 하겠지만, 그런 대중성도 넓은 의미에서 권위일 것이다. 이는 독자의 대중문화관과 싸이에 대한 선호도에 따라 평가가 달라질 것이다.

둘째, 주제와 관련된 생생한 실감을 주기 위한 '증언의 이용'이다. 주로 기자들이 기사를 쓸 때에 많이 이용하는 방법이다. 특히 사회적 약자들이 겪는 고통을 다루는 글에선 그런 인용은 글의 설득력을 크게 높여준다. 다만, 인용이 너무 길어지면 곤란하다. 독자의 심금을 건드릴 수 있는 말을 짧게 인용하는 게 좋다. 예컨대, '홍대 누드모델 불법 촬영 사건'과 관련, '소라넷 폐쇄 17년, 홍대 검거 7일'이라거나 "남자만 국민이고, 여성은 그저 걸어 다니는 야동인가?'라는 말은 여성들의 분노를 집약해 표현해줄 수 있는 좋은 인용이다.

조윤선이 2013년 여성가족부 장관 시절 "다음 생애엔 곤충도 좋으니 수컷으로 태어나고 싶다"고 말한 것도 인용할 만하지 않은가. 물론 국정 농단 사건으로 인해 인용의 가치가 뚝 떨어지긴 했지만, 세속적으로 성공한 여성마저 성차별을 매우 심각하게 느끼고 있다는 증언으로서 가치마저 완전히 사라진 건 아니다.

셋째, 더는 좋은 묘사나 설명은 찾기 어렵겠다는 생각이 드는 '표현의 이용'이다. 광고 카피라이터들은 한 줄의 멋진 카피를 만들어내기 위해 적잖은 기간 끙끙대며 열병을 앓는다. 그런데 사회현상을 다루는 시사적 글쓰기에서도 그런 카피 같은 표현을 만들어내는 사람들이 있다. 예컨대, "당파성에 매몰된 사람들은 의견을 사실처럼 말하고, 사실을 의견처럼 말한다"는 김훈의 표현은 어떤가. 아주 멋지지 않은가?

쉬운 설명을 하는 데에 도움이 되는 표현도 이용할 수 있다. 당신은 '네트워크 효과network effect'라는 개념으로 어떤 사회현상을 설명하고자 한다. 네트워크 효과는 어떤 상품에 대한 수요가 형성되면 이것이 다른 사람들의 수요에 영향을 미치는 것, 즉 사용자들이 몰리면 몰릴수록 사용자가 계속 늘어나는 것을 가리키는 것이다. 이걸 쉽게 설명하는 데엔 마이크로소프트가 초기에 내세운 슬로건을 인용하는 게 효과적이다. "우리가 표준을 만든다We set standard."[20]

'표현의 이용'은 꼭 권위에 의존할 필요는 없다. 때론 누군가가 무심코 쓴 댓글에서도 그런 좋은 표현을 발견할 수 있다. 무엇을 망설이랴. 몰라서 못 쓸 뿐, 알고 있는 게 있다면 그런 표현을 인용함으로써 글의 맛을 살리고 글을 압축하는 데에도 큰 도움을 얻을 수 있는데 말이다.

그 어떤 유형의 인용을 하건 가장 중요한 건 맥락까지 고려한 정확한 인용이다. 인용부호를 달아 있는 그대로 다 인용했다고 해서 끝나는 게 아니다. 부정확한 인용의 문제는 논쟁이나 비판적 글쓰기에서 자주 일어난다. 비판하려는 마음이 앞서다 보면 상대방의 취지와는 다르게 아전인수我田引水 격으로 인용하기 쉽다. 나는 예전에 수많은 논쟁을 해온 탓에 그런 부당한 일을 수십 차례 경험했다. 그러면 안 된다. 상대방의 취지와 부합되는 정확한 인용을 해야 한다. 특히 인용하려는 글을 자신의 언어로 풀어서 소개하는 간접인용에서는 그런 문제가 더 쉽게 일어날 수 있으므로 더욱 조심해야 한다.

나는 그런 부당한 인용의 위험성을 피하기 위해 비판의 대상으로 삼는 글을 길게 직접인용했는데, 이건 또 다른 문제가 있었다. 이런 인용 방식이 앞서 말했던 '과잉 인용'의 문제를 악화시킨 한 이유가 된 것이다. 독자들로서도 흐름이 끊긴다는 이유로 긴 인용을 반기지 않는다. 이래도 문제고 저래도 문제지만, 짧게 인용하되 왜곡하지 않도록 주의하고 또 주의하는 게 '정답'이 아닌가 싶다.

인용의 중요성이 널리 알려지다보니, 과거 대입 논술에선 이런 부작용이 나타나기도 했다. 시험을 앞두고 달달 외워서 써먹는 인용의 문제다. 논술학원에서 하나의 주제에 15~20개가량의 인용구를 나누어주며 외워두라고 했더니 학생들이 이를 문맥에 관계없이 인용하는 학원식 판박이 답안이 홍수 사태를 빚었다고 한다. 여성이 주제라면 시몬 드 보부아르Simone de Beauvoir, 1908~1986의 "여성으로 태어나는 것이 아니라 여성으로 만들어진다"는 말을 인용하고, 법이 주제라면 소크라테스Socrates, B.C.470~B.C.399의 "악법도 법이다"는 말을 인용하는 식이었다는 것이다.[21]

꼭 '학원식 판박이 답안'이 아니라 하더라도 자신의 역량을 초과하는 것처럼 보이는 효과를 낼 수 있는 인용도 금물이다. 연세대학교 교수 신형기는 "어떤 학생이 '장 보드리야르가 말하기를 ~라고 했다'고 썼는데 가만 읽어보니까 자신도 잘 이해하지 못하면서 쓴 티가 났다. 그저 유식하게 보이면 점수를 잘 받을 것처럼 오해하는데, 오히려 역효과를 불러온다"고 했다.[22]

대학생은 비교적 역량 초과 의혹에 대해 너무 겁먹을 필요는 없지만, 채점자를 과소평가해선 안 된다. 자신 있게 요리할 수 있는 수준의 인용을 한다면 아무리 어려운 것이라도 문제될 게 없는바, 자기 자신에게 정직해야 한다. 채점자는 그걸 알아낼 능력이 있다고 보아야 한다. 오직 잘된 인용만 고래를 춤추게 한다는 걸 잊지 말자.

사회과학적 냄새를
겸손하게 풍겨라

논거를 뒷받침하기 위한 '권위의 이용'과 비슷한 효과를 내는 사회과학적 개념의 사용은 쉽게 설명하는 걸 전제로 해서 적극적으로 시도해볼 만하다. 이미 널리 알려진 개념을 사용하지 않더라도 자신의 표현을 통해 사회과학적 냄새를 풍기는 것도 가능하다. 다만 적당한 수준에서, 잘난 척하지 말고 겸손한 자세로 해야 한다.

그 누구건 전문 직종에 종사하는 사람이 그 분야의 전문용어를 구사할 때엔 불쾌하면서도 주눅 들어본 경험이 있을 게다. 마찬가지로 사회과학적 개념화는 글의 권위와 품위를 높여준다. 이와 관련, 소설가 이문열은 다음과 같이 말한다.

"사람들은 흔히 내 글을 관념적이라고 말하는데 그것은 사물을 구체적으로 서술하기보다는 인상적으로 개념화시키는 버릇 때문에 그럴 겁니다. 쉬운 예를 들어 '요새 가난한 사람들은 뻔뻔해지고 억지스러워졌어'라고 말할 수도 있고, '요즘 보이는 것은 가난의 권리화 현상입니다'라고 말할 수도 있는데, 비슷한 내용을 담고 있지만 사람들은 두 번째 방식의 표현이 어딘가 더 무게 있고 지적인 것으로 듣게 됩니다."[23]

그렇다. 이문열의 글이 풍기는 품위는 상당 부분 그런 표현법에 크게 의존하고 있다. 아니 품위를 넘어서 이해도 한결 쉬워진다. '가난의 권리화'는 다소 보수적인 냄새를 풍기지만, '책임의 개인화'처럼 그 반대의 용법도 가능하다. 잘못된 사회구조나 시스템의 문제는 그대로 두고서 문제의 책임을 개인에게만 떠넘기는 걸 비판할 때에 사용할 수 있는 개념이다. 그 어떤 이념적 함의 없이 단지 설명을 위해 사회과학적 개념을 이용할 수도 있다.

다만 너무 어렵거나 생소한 사회과학적 개념을 동원하면 그걸 설명하는 데에 많은 시간과 지면이 소요되므로(또 그냥 지나치면 이해하기 어려우므로), 널리 알려진 사회과학적 개념을 쓰거나 독자가 쉽게 이해할 수 있는 설명이 필요하다. 몇 가지 예를 들어 말씀드려 보겠다.

누구나 인정하겠지만, 한국의 학문은 서양, 그것도 미국 학문에 크게 의존하고 있다. '학문 주체성'을 부르짖는 이가 많은 건 당연한 일이다. 하지만 당신은 그건 과연 가능하며 바람직한 목표인지라는 의문을 제기하고 싶어 한다. 이럴 때에 중심부와 주변부 사이엔 아주 가파른 '지식의 물매Gradient of Knowledge'가 존재하기 때문에 중심부의 지식들은 거세게 주변부로 몰려오게 되어 있다고 말하면,[24] 독자로선 이해가 한결 쉬워진다.

우리는 정치 개혁의 문제를 이념의 문제로 접근하는 경향이 있지만, 보수와 진보를 초월해 정치 개혁을 근본적으로 가로막는 장벽이 있다. 당신이 이런 이야기를 하고자 한다면 '선거주의 electoralism'를 거론하는 게 좋다. 선거주의는 정치를 선거로 좁히거나 가두는 한편, 선거에서 이기면 나머지는 저절로 풀린다는 지적 오류를 말한다.[25] 이념의 좌우를 막론하고 선거에서 우리 편이 이기면 모든 게 잘될 거라는 환상을 넘어서지 않는 한 정치는 각 진영의 '밥그릇 쟁탈전' 이상의 의미는 없다.

사회적 약자가 어떤 이슈를 앞세워 들고 일어나면서 '지나친 일탈'을 할 때에 이를 어떻게 다룰 것인가? 무조건 비판하는 게 능사인가? 이럴 때엔 프리드리히 빌헬름 니체Friedrich Wilhelm Nietzsche, 1844~1900가 말한 '약자의 원한'이라는 개념이 도움이 된다. 약자의 원한엔 두 얼굴이 있다. 이른바 '한풀이' 복수의 부작용 등과 같은 부정적인 면과 아울러 그것 덕분에 오늘날 민주주의가 이만큼이라도 발전했다는 긍정적인 면이다. 어느 한쪽으로 기울더라도 두 면을 동시에 보는 공정성이 필요하다.

지방의 낙후 문제를 사례로 좀 자세히 설명해보기로 하자. 당신은 지역균형발전의 필요성을 역설하는 글을 쓰려고 한다. 우선 책임 규명이 필요하다. 서울에 사는 기득권자들의 책임인가? 하지만 그 기득권자들은 대부분 지방 출신이다. 즉, 책임 소재가 그리 단순명쾌하지 않다는 뜻이다. 이걸 일일이 다 쉬운 말로 설명하려고 들면 글이 너무 길어진다. 그걸 설명해줄 수 있는 좋은 이론이 이미 나와 있다. 바로 '구성의 오류fallacy of composition'다. 웬만한 대학생이라면 이미 잘 알고 있는 것이다. 혹 모르는 독자를 염두에 두고 이걸 쉽게 설명하면서 논지를 펴 나가면 된다. 이게 바로 관리다.

아시다시피, 구성의 오류는 부분에 대해 말할 수 있는 것을 전체에 부당하게 적용하거나 또는 개별적인 요소에 해당되는 것을 집합 전체에 부당하게 적용하는 것인데, 개인적으로는 타당한 행동을 모두 다 같이 할 경우 전체적으로는 부정적인 결과가 초래될 때 쓰이는 말이다. 경제학자 존 메이너드 케인스John Maynard Keynes, 1883~1946가 말한 '절약의 역설Paradox of Thrift'이 좋은 예다.

불황에 저축을 늘리면 개인은 안전감을 느끼겠지만 모두가 다 그렇게 하면 소비가 줄어 경기를 더 악화시키는 결과를 초래한다는 것이다.[26]

우리는 막연하게 지방 사람들이 지방의 발전을 몹시 원할 거라고 생각하지만, 꼭 그렇지는 않다. 한국인의 생활 신앙으로 자리 잡은 '개천에서 용 나는' 모델 때문이다. 그간 지방은 개천을 자처하면서 '용 키우기'를 지역인재육성 전략이자 지역발전 전략으로 삼아왔다. 용은 어디에서 크나? 서울이다! 그래서 지방의 공적 기관들은 서울 명문대에 학생을 많이 보내는 고교에 장려금을 주고 서울에 학숙學宿을 지어 각종 편의를 제공함으로써 유능한 학생을 서울로 많이 보내기 위해 발버둥쳐왔다. 사실상 '지방대학 죽이기'를 지역인재육성 전략이자 지역발전 전략으로 삼은 셈인데, 그게 어이없다고 웃거나 화를 내는 사람은 거의 없다. 모두다 진지한 표정으로 그런 지원이 더 필요하다고 말할 뿐이다. 왜 그럴까?

우리는 지역의 이익과 지역민의 이익이 같을 걸로 생각하지만, 그게 꼭 그렇진 않다는 데에 지방의 비극이 있다. 지방대학이 죽는 건 지역의 손실이지만, 자식을 서울 명문대에 보내는 건 지역민의 이익이다. 각 가정이 누리는 이익의 합산이 지역의 이익이 되기는커녕 오히려 손실이 되는 '구성의 오류'가 여기서도 일어나는 것이다.

심지어 서민층 학부모마저도 자식을 서울 명문대에 보내는 꿈을 꾸기에 그런 지역발전 전략이 당연하다고 생각한다. 우리는 개천에서 더 많은 용이 나오는 걸 진보로 생각할 뿐, 개천에 남을 절대 다수의 미꾸라지에 대해선 별 생각이 없다. 미꾸라지들의 돈으로 용을 키우고, 그렇게 큰 용들이 권력을 갖고 '개천 죽이기'를 해도 단지 그들이 자기 개천 출신이라는 데에 큰 의미를 부여한다.

물론 이 주장에 동의하지 않을 수도 있지만, 지역균형발전은 서울 탓만 하는 걸로는 이루어질 수 없다는 논지만큼은 유효하다. 학생들은 대학에서 사회과학적 이론이나 개념을 배우면서도 대부분 '이론 따로, 현실 따로'의 자세를 취하는 경향이 있다. 그 걸 쉬운 말로 풀어서 현실에 적용해보겠다는 마인드 자체가 없다는 뜻이다. 그러지 말자. 힘들여 배운 걸 사장시키지 말고, 겸손을 전제로 사회과학적 냄새를 한껏 풍겨보자. 악취가 아닌 향기가 되게끔 말이다.

친구에게 이야기하듯
스토리텔링을 하라

우리 인간은 이야기 없인 살 수 없는 '호모 픽투스Homo fictus', 즉 '이야기하는 인간'이다. 우리 인간의 뇌가 이야기를 좋아하는 것은 타고난 특질이다. 중요한 사실에 대한 기억은 이야기의 형태로 뇌에 저장되기 때문에 이야기는 지식의 축적에 핵심적인 역할을 해왔다. 리처드 니스벳Richard E. Nisbett, 1941~은 "우리는 이야기 정보의 사용에 익숙하다. 그것은 우리가 문자가 만들어지기 전의 문화들 속에서 이것저것들을 배워온 방식이었다. 통계와 논리적 논증에 의해 세계에 관해 배우게 된 것은 비교적 최근의 일이다"고 말한다.[27]

요즘 아이들이야 할머니의 옛날이야기를 거의 못 듣고 자랐겠지만, 할머니의 옛날이야기를 듣고 자란 세대는 이야기의 마력에 대한 기억을 갖고 있을 것이다. 오늘날 텔레비전이나 인쇄 매체의 픽션물이 쉬운 이해를 위해 이야기체 스크립트를 사용하는 것도 바로 그런 이유 때문이다. 심지어 광고도 이야기체를 사용하는데, 어느 학자는 고민하는 치질 환자를 주제로 한 30초 동안의 광고 내용이 고대 그리스 비극과 같은 극적인 이야기 구조를 갖고 있다고 주장하기도 했다.[28]

이야기는 추상적인 개념에서 찾아볼 수 없는 맥락을 제공하기 때문에, 즉 지식을 일상적인 삶에 가까운 형태로 만들어 보여주기 때문에 강력한 힘을 발휘한다. 고정관념이나 음모론이 바람직하지 않은 것으로 여겨짐에도 끈질긴 생명력을 자랑하는 것도 둘 다 기막히게 뛰어난 이야기로 구성되어 있기 때문이다.

이야기하기를 일컬어 아예 '스토리텔링storytelling'이라는 외래어가 널리 쓰이고 있으니, 앞으론 '이야기'과 '스토리' 를 혼용하면서 스토리텔링에 대해 이야기하기로 하자. 스토리텔링은 좁게는 디지털 시대의 특성에 맞는 이야기하기, 넓게는 상대방에게 알리고자 하는 바를 재미있고 생생한 이야기로 설득력 있게 전달하는 행위를 일컫는다.

스토리텔링은 '스토리텔링 교육', '스토리텔링 기사', '스토리텔링 마케팅' 등의 용어가 시사하듯이, 전 분야에 걸쳐 폭넓게 활용되고 있다. 글쓰기와 가장 관련이 깊은 스토리텔링 기사는 스토리의 형식으로 쓰인 기사를 말한다. 스토리텔링 기사를 중시하는 캐나다 신문 『데일리글리너The Daily Gleaner』의 편집 회의실엔 이런 캐치프레이즈가 걸려 있다. "모든 사실을 인물 구조로 바라보라. 당신의 기사를 더 생생하고 풍부하게 독자에게 전하고 싶다면 모든 주제를 인물을 통해서 드러나게 하라."

『데일리글리너』는 스토리텔링을 기사 제목에 접목시켜 제목을 이야기체로 만드는 '타이틀텔링titletelling'까지 시도하고 있다. 예컨대, 이 신문은 자동차 산업을 육성시키려 하는 러시아의 블라디미르 푸틴Vladimir Putin, 1952~ 총리에 관한 기사의 제목을 「Putin puts Russia in the driver's seat」로 달았다. 푸틴Putin과 put in이라는 같은 음의 동사를 이용해 '푸틴, 자동차 산업 육성 추진'이라는 딱딱한 제목이 아닌 '푸틴, 러시아를 운전석에 앉히다'라는 제목으로 탄생시킨 것이다.[29]

무슨 말인지 잘 알겠는데, 스토리텔링이 우리의 글쓰기와 무슨 상관이란 말인가? 이렇게 생각할 독자는 없으리라 믿고 싶지만, 의외로 스토리텔링이 실용적 글쓰기와 무관하다고 생각하는 사람이 많다. 전혀 그렇지 않다. 우선 당장 글쓰기에 어려움을 겪는 사람은 글을 어렵게 생각하지 말고 친구에게 이야기하듯 글을 쓰겠다는 자세를 가져보라. 부담이 크게 줄어들 것이다. 시종일관 그런 식으로 쓰는 글도 가능하지만, 일반적으론 글의 시작이나 배경 설명을 위한 장치로 많이 활용한다.

평소 무심코 읽던 신문 칼럼을 스토리텔링의 관점에서 다시 읽어보시라. 의외로 많은 필자가 자신이 직접 겪은 일이라거나 남에게서 들은 에피소드를 많이 활용한다는 걸 새삼 깨닫게 될 것이다. 글의 생생한 실감을 살리는 건 물론 재미있게 만드는 데엔 그런 이야기만큼 좋은 게 없다. 스토리의 힘을 말해주는 최고의 증거는 여러 심리학자가 이른바 '스토리 편향story bias'의 위험을 경고하는 데에서 잘 나타난다. 스토리 편향은 이야기가 진실보다 큰 힘을 발휘하는 현상을 말한다. 심리학자들의 다양한 연구 결과에 따르면, 사람들은 복잡한 설명과 단순한 설명 중에서 단순한 설명이 더 참일 것 같다고 평가하는 경향이 있다.

마이클 모부신Michael J. Mauboussin, 1964~은 "이야기에 열광하는 사람은 실패한다"고 단언하는데, 뒤집어 생각하면 열광적인 이야기를 잘 만들어내는 사람은 성공한다고 볼 수 있다. 이런 성공의 대표적 사례가 미국의 24시간 케이블 뉴스 채널 '폭스뉴스Fox News Channel'다. '극우 선전기구'라는 말을 들을 정도의 노골적인 당파성에도 폭스뉴스는 시작한 지 5년 만인 2001년 이익을 냈을 뿐만 아니라 경쟁자인 CNN과 MSNBC를 능가하는 시청률을 기록함으로써 세상을 깜짝 놀라게 만들었다.

폭스뉴스의 성공 비결 중 하나는 '스토리 만들기'였다. 폭스뉴스 경영진은 매일 모든 필자와 프로듀서, 앵커에게 메모를 보내는데, 그 메모에는 그날그날 해야 할 스토리의 요점이 담겨 있다. 폭스뉴스는 이 메모에 따라 스토리를 뉴스에 맞추는 것이 아니라, 뉴스를 스토리에 맞게 조정하는 방식으로 시청자들이 빠져들 만한 스토리 개발에 열중했고, 이는 큰 성공을 거두었다. 그런데 2011년 메릴랜드대학 연구팀의 조사에 따르면 폭스뉴스 시청자들은 시사 이슈에 대해 잘못 알고 있는 비율이 다른 채널 시청자에 비해 12퍼센트포인트 높았으며, 이런 '무지'는 폭스뉴스를 더 오래볼수록 심각한 것으로 나타났다.[30]

우리는 '스토리 편향'의 위험을 경계하면서 폭스뉴스식의 스토리텔링을 규탄해야 한다. 어떻게 하느냐가 중요한 것이지 스토리텔링 자체에 문제가 있는 것은 아니다. 스토리텔링을 '호모 픽투스'의 속성과 타협하는 필요악으로 이해하면서 윤리적인 스토리텔링을 하겠다는 자세를 가져야 한다. 전문 작가들이 말하는 '글쓰기의 이유'나 '글쓰기의 고통'에 부화뇌동한 나머지 글쓰기를 너무 근엄하고 심각하게 생각하지 말자.

'첫인상의 독재'에
적극 영합하라
··
································!

이미 글쓰기 책을 몇 권 읽어본 독자라면 흔쾌히 동의하겠지만, 거의 모든 글쓰기 책이 첫인상이 중요하다며 첫 문장에 공을 들여야 한다고 역설한다. 너무도 당연한 상식으로 여겨지는 것이기에 굳이 그 이유를 길게 설명할 필요는 없을 것 같다. 그런데 그 상식을 "실제 글쓰기에 유용하지 않지만 일부 사람들에 의해 중요하다고 설파되는 원칙 아닌 원칙"이라고 비판하는 이가 있어 흥미롭다. 이남훈이다. 그는 "첫 문장이 중요하다는 신화"라는 글에서 첫 문장의 중요성을 강조하는 사람은 주로 기자와 작가인데, 이들에겐 다소 특수한 환경이 존재한다고 말한다.

"기자는 긴박감이 연속되는 환경에 있다. 언제 사건이 터질지 모르고, 많은 기사들 중에서 자신의 기사가 읽혀야 한다는 압박을 항시 느낀다. 따라서 기자에게 첫 문장은 사활이 걸린 문제다.……작가들은 구성이나 전개 과정에서 별 어려움을 느끼지 않는다. 그러다 보니 글의 포문을 극도로 유려한 문상으로 장식하고 싶어 한다. 즉, 탄탄한 기본기 위에 높은 예술성을 더하려고 하는 것이다. 이왕이면 더 많이 독자를 사로잡기 위한 고민의 과정에서 '첫 문장이 중요하다'고 말하는 것이다."

이남훈은 "두괄식으로 써야 한다"는 충고도 첫 단락에서 승부를 내야 하는 '입사용 자기소개서'와 '대학 논술'에만 적용될 뿐, 이러한 환경에 있지 않다면 두괄식을 고수할 필요가 없다고 말한다. 그는 "첫 문장과 두괄식의 강조는 또 하나의 매너리즘을 유발한다"며 이런 결론을 내린다. "창의적인 진행을 방해하고 특정 양식에서 벗어나지 못하도록 강제한다. 일상의 많은 글들은 두괄식이 아니고, 첫 문장도 유려하지 않다. 중요한 것은 전개 방식이며, 호기심을 일으키느냐의 여부다."[31]

좋은 지적이다. "첫 문장의 두려움을 없애라"라는 제목의 책까지 나올 정도로 글을 시작하는 데에 어려움을 겪는 사람이 많은데, 그들에게 첫 문장의 중요성을 강조하는 건 사태를 악화시킬 수 있으니까 말이다. 하지만 첫 문장의 중요성을 '신화'라고까지 이야기할 필요는 없지 않느냐는 생각이 든다. "같은 값이면 다홍

치마"라는 속담의 정신으로 이해하면 안 될까? 이남훈도 중요하게 생각하는 독자의 호기심을 일으키는 데에 첫 문장이 중요하다는 선에서 타협을 보자는 것이다. 이남훈도 기사의 첫 문장의 중요성을 인정했는데, 오늘날의 디지털 독서 환경에서 기사와 여타 다른 글의 차이는 사라져가고 있다는 점이 중요하다.

그런 의미에서 기사 이야기를 좀 해보자. 기자들은 '리드'라는 말을 즐겨 쓴다. 리드lead는 신문의 기사, 논설 따위에서 본문의 맨 앞에 그 요지를 추려서 쓴 짧은 문장을 말한다. 첫 번째 문장에 기사의 모든 핵심이 포함되어야 하며, 그 뒤에는 덜 중요한 정보가 나열된다. 기자들은 이를 '역피라미드inverted pyramid 구조'라고 부르는데, 가장 중요한 정보(피라미드에서 가장 넓은 부분)가 제일 위(처음)에 제시되기 때문이다.

리드는 전신이 기사 송고에 활용되던 미국 남북전쟁 때 탄생했다. 신문의 전신 의존은 신문 제작에 큰 변화를 몰고왔다. 무엇보다도 전신 요금 절약을 위해 간결한 기사 작성이 요구되었다. 특히 전쟁 상황에서 그런 필요성은 더욱 커졌다. 당시 기자들은 군용 전신기를 이용해 신문사에 기사를 보냈는데, 군사 활동이나 전투 중에 흔히 발생하는 통신 두절 같은 문제로 인해 언제 전문이 끊어질지 몰라 늘 불안에 떨어야 했다. 기자들은 기사를 전송

할 시간이 얼마나 이어질지 알 수 없었고, 따라서 가장 중요한 정보부터 보내는 게 상책이었다. 또 전신으로 사건의 전개 과정을 계속 알리는 과정에서 기사의 헤드라인도 탄생했다.

로버트 링컨 오브라이언Robert Lincoln O' Brien은 110여 년 전인 1904년에 발표한 「기계와 영어 문체」라는 논문에서 전신 사용으로 인해 표현을 간략하게 할수록 비용이 절감되는 건 물론이고 있을 수 있는 혼동을 피하기 위해 모호한 말보다는 명료한 말을 선호하게 되었다고 주장했다. 속도, 명료성, 단순성에 대한 요구가 새로운 '전신적telegraphic' 문체를 형성한 이 시점에서 "언어의 미묘함, 복잡함, 뉘앙스 등은 전선에 실리면 위험한 요소가 되어버린다"는 것이었다. 헤밍웨이의 단순명료한 영어 문체도 부분적으로는 대서양 케이블을 통해 기사를 전송해야 했던 외국 특파원으로서 자신의 경험이 낳은 산물이었다.[32]

물론 리드는 오늘날까지 살아남아 기사의 생명처럼 여겨지고 있다. 저널리스트 돈 위클리프Don Wycliffe는 "만일 두 시간 동안 기사를 하나 써야 한다면, 나는 처음 한 시간 45분을 리드를 쓰는 데 바칠 것이다. 리드만 완성하면 나머지는 술술 풀리게 마련이니까"라고 말한다.[33] '리드'를 중시하는 캐나다 신문 『데일리글리너』의 발행인 낸시 쿡Nancy Cook은 다음과 같이 말한다.

"리드는 첫인상입니다. 몇 년 전 우리가 독자를 대상으로 이런 여론조사를 한 적이 있습니다. '당신이 어떤 기사를 전부 읽었다면, 어떤 요인이 그것에 가장 영향을 끼쳤습니까?' 이 질문에 44퍼센트가 '리드'라고 답했고 '제목에 끌려서'(27퍼센트), '관심 있는 기사라서'(25퍼센트) 등이 그 뒤를 이었습니다. 첫 문장의 힘입니다. 과장해서 서술해선 안 되겠지만 가장 인간적인 현장 스케치를 리드로 만드는 것이 저희들의 원칙입니다."[34]

이렇듯 리드는 특수한 역사적 상황의 산물이었지만, 수요자(독자)로서도 리드를 보고서 기사를 읽을 것인지를 결정함으로써 시간을 절약할 수 있는 장점이 있다. 그래서 첫 문장의 중요성은 기사에만 필요한 게 아니다. 글의 첫 문장이 기사처럼 모든 핵심을 포함해야 할 필요는 없지만, 어떤 글이건 디지털 환경에서 날이 갈수록 조급해지는 독자들이 행사하는 '첫인상의 독재'에 적극 영합해야 할 필요성은 커지고 있다. 그건 결코 좋거나 바람직한 현상은 아니지만, 글을 쓰는 사람이 넘어서기 어려운 조건이다.

우리나라 최초의 국제회의 통역사이자 한국외국어대학교 교수인 최정화는 "첫마디를 행운에 맡기지 마라"고 했는데, 글도 첫 문장을 행운이나 우연에 맡기지 않을 정도의 신경은 써야 한다. 『첫인상 3초 혁명』이라는 책의 저자들은 "당신이 문을 열고 사무

실에 들어서는 순간 일은 벌어진다. 그 3초간, 사람들은 당신을 판단해버린다"고 했다. 이 말을 그대로 믿을 필요는 없지만, 독자가 내 글을 30초 넘게 인내심을 갖고 읽는다고 기대하는 건 무리다.

하지만 30초 이후도 책임져야 한다는 건 두말할 나위가 없다. KBS PD 김형석은 시선을 끌기 위한 기발한 발상과 접근법을 지지하면서도 뒷감당을 잘해야 한다는 의미에서 "작문은 '바바리맨'이 아니다"는 기발한 주장을 폈다. 시선만 끌고 뒷과정은 제대로 충족되지 않는다면 '짠' 하고선 붙잡히지 않기 위해 내빼는 '바바리맨'에 그치고 만다는 것이다.

명심하자. 내 글의 독자가 한가한 사람일 것이라는 생각은 버리는 게 좋다. 첫 문장으로 독자의 눈길을 사로잡는 게 어렵다면, 첫 단락에서라도 시도해봐야 한다. 데이비드 오글비David Ogilvy, 1911~1999는 후배 카피라이터들에게 "첫 단락은 반드시 사람들이 깜짝 놀랄 정도로 흥미진진한 내용이어야 한다"고 했는데, 우리는 그런 욕심은 내지 말자. 독자가 내 글을 읽는 것을 중단하지 않을 정도면 충분하다. '첫인상의 독재'에 적극 영합하라! 자주 그렇게 하지 못하는 나 자신에게 하는 말이기도 하다.

'사회자'가 아니라
'토론자'임을 명심하라

글쓰기에 들어가기 전에 당신의 신분을 확실히 해야 한다. 텔레비전 토론 프로그램에 빗대 말하자면, 당신은 사회자인지 토론자인지 그걸 분명히 해야 한다. 의외로 많은 학생이 토론자로 출연 요청을 받았음에도 사회자 역할을 하려고 든다. 왜 그럴까? 자기주장이 없거나 자기 이미지 관리 차원에서 자기주장을 피력하는 걸 꺼리기 때문이다. 이로 인해 나타나는 가장 큰 문제가 바로 '허망한 결론'이다. 한 학생이 서울대학교 문제를 주제로 쓴 다음 글을 보자.

"좀더 많은 학생들에게 균등한 기회를 줄 수 있는 입시 방안이 나와야만 사교육에 이렇게 많은 돈이 지출되지 않을 것이다. 왜 서울대에 가느냐고 물어보면 연줄 때문에, 혹은 대우를 받기

위해서라고 대답하는 것이 아니라 진정한 학문을 배우기 위해서
라고 대답할 수 있는 때가 와야 수험생들과 학부모들의 한숨이
조금이라도 적어지지 않을까 싶다."

이 글을 읽고 난 느낌은 한마디로 허망하다는 것이다. 너무
도 아름다운 말씀이기에 더욱 허망하다. 과연 그런 날이 올까? 물
론 이 글의 필자도 그런 날이 올 거라고 기대하는 건 아닐 게다.
이 글이 수필이라면 이와 같은 식으로 글을 끝맺는 건 아무런 문
제가 되지 않겠지만, 지금 우리는 논증에 임하고 있다는 걸 잊지
말자.

진정한 학문을 배우기 위해 서울대학교에 간다 하더라도 그
런 지원자가 많아 수요가 공급을 초과하면 경쟁은 불가피해지고,
수험생들과 학부모들의 한숨이 적어진다는 보장도 없다. 학문에
대한 열망이 출세에 대한 열망보다 치열할 수도 있기 때문이다.
'경쟁'의 문제를 정면 대응했더라면 좋았을 것이다. 또 다른 글을
보자.

"서울대 총장이 의도하는 생각과 가치관은 잘 모르겠지만 서
울대가 정말 엘리트가 될 수 있으려면 공부만 잘하는 엘리트가
아닌 여러 방면에서 뛰어난 엘리트들로 넘칠 수 있는 서울대 입
시 방안을 마련해야 할 것이다. 이 사회는 결코 수능 점수가 높은

사람 또는 논술에 강한 사람들만으로 이끌어지는 사회가 아님을 알았으면 한다."

이 경우도 너무 허망하다는 생각을 떨치기 어렵다. 서울대학교 총장이 "이 사회는 결코 수능 점수가 높은 사람 또는 논술에 강한 사람들만으로 이끌어지는 사회가 아님을" 알게 되면 무엇이 달라질 수 있다는 걸까? 이런 말은 사회자가 격렬한 찬반 토론을 마무리하면서 중립을 지키면서 이상을 역설하는 마지막 멘트로 할 수 있는 것이지, 토론자가 이러시면 정말 곤란하다. 어설픈 사회자 역할을 자제할 것을 강력히 권고한다.

'허망한 결론' 못지않게 문제가 되는 것은 과도한 추상으로 이루어진 '어정쩡한 대안'이다. 존 롤스John Rawls, 1921~2002는 "갈등이 더욱 깊어질수록 이 갈등의 뿌리에 관한 분명하고 정리된 견해를 얻기 위하여 추상의 수준을 높일 수밖에 없다"고 했다. 이해한다. 그래야 최소한의 소통이라도 가능해지니까 말이다. 하지만 당신은 '정의론'에 관한 새로운 이론을 내놓으려는 롤스가 아니다. '인터넷 실명제'에 반대하는 다음 두 글은 인터넷 실명제를 규정한 '정보통신망 이용촉진 및 정보보호에 관한 법률' 조항에 대한 위헌 결정(2012년)이 나오기 전에 쓰인 것이지만, 토론자의 본분을 벗어난 것으로 보아야 하지 않을까?

"우리가 웹상에서도 여전히 각 개인이 하나의 인격체로 소중하다는 생각을 사고방식의 기본 바탕으로 깔고 문제를 대한다면 감정적인 의견들이 줄어들 것이다.……이렇게 생각을 바꾸기 위한 구체적이고 실천적인 새로운 '네티켓'이 만들어져야 하고, 인격을 존중할 줄 모르는 글에 대해서 문제를 삼는 웹상의 분위기 형성을 위한 구체적인 방안이 논의되어야 한다."

"물론 온라인 윤리 규범을 만들어서 제대로 교육한다고 해서 사이버 폭력을 완전히 없앨 수 있는 것은 아닐 것이다. 그러나 단순히 자기 이름이 알려진다는 사실이나 처벌이 두려워서 따르는 것은 타인의 인격과 명예를 존중하지 않기 때문에 따르는 것과 질적으로 다르다. 제대로 된 윤리 규범을 마련하지도, 제대로 된 윤리 교육을 해보지도 않은 상태에서 표현의 자유를 침해하면서까지 실명제를 도입하는 일은 앞뒤가 맞지 않는다. 실명제 도입에만 신경을 쓸 일이 아니라 온라인 윤리 규범을 마련해서 어떻게 하면 사이버공간에 적용할 수 있을지에 머리를 맞댈 일이다."

이 글들은 '네티켓'과 윤리 교육을 대안으로 제시하고 있지만, 매우 공허하다는 느낌을 떨치기 어렵다. '전방 입소교육' 식으로 교육을 강제할 수 있는 것도 아니거니와 네티즌들을 한곳에 모이게 하거나 한곳을 바라보게 만드는 것은 불가능하다. 아닌

가? 또한 '유희의 열망'이 지배하는 사이버공간에서 '네티켓'과
윤리 교육이 '읽을거리'로서 경쟁력을 갖기도 어렵다. 학교에서
이루어지는 교육도 명백한 한계를 갖고 있다는 데에 동의하긴 어
렵지 않을 것이다.

그렇다면 '네티켓'과 윤리 교육은 어정쩡한 대안이 아닐까?
무언가 대안을 제시하긴 해야겠는데, 그저 손쉽게 내놓을 수 있는
걸로 때우려 들지 않았는가 하는 것이다. '네티켓'과 윤리 교육을
해야 한다는 선언 수준을 넘어서 그걸 어떻게 할 것인지에 대해
조금은 더 논의되었더라면 좋았을 것이다. 예컨대, 사이버 윤리
를 교육하는 정규 수업 시간 편성을 요구한다든가 하는 식으로
말이다.

허망한 결론을 내리거나 어정쩡한 대안을 제시하기보다는
자기주장을 뚜렷하게 내세우는 동시에 사고의 폭을 넓혀 다양한
가능성을 모색해보려는 자세가 필요하다. 성품이 너무 겸손해서
그렇게 하지 못하는 경우도 있지만, 주제에 대해 잘 모르기 때문
에 그러는 수도 있다. 그래서 얼렁뚱땅 넘어가려는 것이다. 그러
지 말자. 서울대학교 문제나 인터넷 실명제는 무슨 대단한 지식
이나 정보를 요구하는 것도 아니잖은가. 당신은 사회자가 아닌
토론자로서 글쓰기 마당에 초청되었음을 잊지 말고, 과감하게 자

기 생각을 밝혀야 한다.

　나는 앞서 「"뭐 어때?" 하면서 뻔뻔해져라」라는 글에서 자신감의 문제를 지적했다. 그런데 글을 쓰는 사람이 '사회자' 역할을 하려는 건 자신감만의 문제는 아니다. 나름 자신감을 갖고 있으면서도 '사회자'의 자세로 글을 쓰는 건 '자기주장assertiveness'과 '공격성aggressiveness'을 혼동하기 때문에 빚어진 문제로 보인다.

　미국에서 학생들의 글쓰기나 말하기 교육에서 빠지지 않고 등장하는 게 바로 'not aggressive but assertive'하라는 요청이다. 그런데 둘 사이의 경계가 모호하다. 수 비숍Sue Bishop은 『자기주장의 기술Develop Your Assertiveness』(2006)이란 책에서 자기주장을 "겸손하지만 당당하게, 은밀하지만 강하게, 나를 표현하는 방법"이라고 정의하는데, 도대체 어떻게 '겸손하면서도 당당하고, 은밀하면서도 강한' 말을 하고 글을 쓰라는 건지 헷갈릴 수밖에 없다.

　그런 어려움은 일상적 삶에서 자기주장은 부적절하거나 싸가지 없는 언행으로 여겨지는 문화가 있는 한국에선 더욱 커진다. 일상적 삶은 자기주장마저 삼가라고 가르치면서 글쓰기에선 자기주장을 해야 한다고 요구하니, 어느 장단에 춤을 춰야 한단 말인가? 이거야말로 이른바 '이중구속double bind', 즉 둘 이상의 모순되는 요구를 받은 사람이 그 모순에 대해 응답을 할 수 없는 상태가 아닌가 말이다.

그런 이중구속 상황에 처한 학생들은 부지불식간에 행여 '공격적'으로 보일까봐 자기주장을 삼가는 경향이 있다. 하지만 답이 없는 건 아니다. 일상적 삶과 글쓰기를 분리해 평가하는 이중기준이 동시에 작동하고 있기 때문이다. 글쓰기 공간은 당신의 품행을 기존 문화의 기준으로 평가하는 일상적 삶의 공간은 아니다. 건방지게 굴어도 좋다는 면책특권이 부여된 공간이다.

그러니 '공격적이지 않은 자기주장'을 하는 게 최선이겠지만, 그게 어렵다면 행여 '공격적'으로 보일까봐 자기주장을 삼가는 것보다는 '공격적인 자기주장'을 하는 게 훨씬 낫다. 당신은 '사회자'가 아니라 '토론자'기 때문이다. "뭐 어때?" 하면서 뻔뻔해지는 걸 넘어서 사나워져도 좋다. 당신이 글쓰기 공간과 일상적 삶의 공간을 지혜롭게 구분할 줄 아는 한국인임을 믿어 의심치 않기 때문이다.

제목이 글의
70퍼센트를 결정한다

때는 바야흐로 '관심 경제attention economy'의 시대다. 관심 경제란 세인의 관심이나 주목을 받는 것이 경제적 성패의 주요 변수가 된 경제를 말한다. 경제학자 허버트 사이먼Herbert Simon, 1916~2001 은 1997년 관심 경제 이론을 통해 "정보사회가 발전할수록 정보는 점점 흔해지고, 관심은 점점 귀해진다"고 했다. 즉, "정보의 풍요가 관심의 빈곤을 야기한다"는 것이다.

대중문화·광고·홍보·PR은 전통적인 관심 산업attention industry이지만, 이젠 전 산업의 '관심 산업화'로 나아가고 있다. 에릭 슈미트Eric Schmidt, 1955~는 꾸준히 사로잡고 통제할 수 있는 '안구eyeballs'의 수를 극대화해야만 지배적인 세계 기업이 될 수 있을 것이라고 말한다. 우리는 바야흐로 "날 좀 봐달라"고 몸부림쳐야

만 생존하고 성공할 수 있는 세상에 살게 된 것이다.[35]

글쓰기도 그런 몸부림에서 자유로울 수 없다. 독자의 관심을 얻으려는 글의 몸부림은 주로 제목 달기를 통해 나타나고 있다. 디지털 시대의 언론은 자극적인 기사 제목으로 낚시질을 해서 장사하는 '제목 장사꾼'이 되었다고 해도 과언이 아니다. 2018년 5월 기준으로 네이버와 제휴를 맺은 매체 579곳(인링크 124곳)은 하루 평균 약 5만 건의 기사를 쏟아내는데, 네이버 메인 화면에 기자 이름 석 자가 새겨질 확률은 1,000분의 1이다.[36]

그 낮은 확률을 놓고 벌이는 사투에서 가장 중요한 것은 제목이다. 제목에 끌려 클릭을 했다가 제목과는 다른 기사 내용을 보고 "또 속았구나!" 하고 탄식을 한 경험이 누구에게나 몇 번쯤은 있을 게다. 오죽하면 "온라인 뉴스 사이트에 뉴스 제목답지 않은 제목들이 난무하면서 저널리즘 기반 자체가 흔들리고 있다"는 진단까지 나오겠는가.[37]

참으로 개탄을 금치 못할 일이지만, 여기서 한 가지 분명히 확인할 수 있는 건 제목의 중요성이다. 비교적 윤리 의식이 강한 신문사 편집국에선 제목을 둘러싸고 기사를 쓴 취재기자와 제목을 뽑는 편집기자 사이에서 갈등이 벌어지기도 한다. 취재기자는 제목의 자신의 기사 취지와 맞지 않는다고 항변하는 반면, 편집기

자는 포장이 좋아야 고객(독자)의 이목을 끌 수 있다고 주장하는 것이다.[38]

현실은 늘 편집기자의 손을 들어준다. 종이 신문을 읽을 때에도 제목을 보고 읽을지를 결정하는데 온라인 기사는 더 말해 무엇하랴. 모든 디지털 온라인 소셜미디어를 비롯해 전 언론 매체의 PR 기사 노출에서 기사의 제목은 기사의 성공에 70퍼센트 이상의 영향을 미친다고 보는 게 정설이다.[39]

일반 기사나 기사가 아닌 글에서 제목의 중요성은 얼마나 될까? 그걸 계량화하기는 어렵지만, 나는 매우 중요하다는 점을 강조하기 위해 "제목이 글의 70퍼센트를 결정한다"고 말하고 싶다. 나 역시 그런 이치에 따라 독자의 눈길을 끌기 위해 붙인 제목이지만, 내심 "70퍼센트가 아니라 90퍼센트 아냐?"라고 생각할 정도이니 결코 과장은 아니다.

전문 작가들은 제목의 중요성을 인정하는 데에 인색하다. 자존심 때문이다. 어떤 작가가 "제목 덕분에 잘 팔렸다"는 말을 듣고 싶어 하겠는가. 그래서 존 스타인벡John Steinbeck, 1902~1968은 "나는 제목에 집착한 적이 없다. 이름을 뭐라 붙이든 조금도 신경 쓰지 않았다"고 주장했지만, 이는 사실과 정반대되는 주장이었다.[40]

헤밍웨이는 책을 끝낸 후 제목을 100여 가지나 써보면서 고

심했고, F. 스콧 피츠제럴드Francis Scott Fitzgerald, 1896~1940는 아예 '제목 짓기용' 노트를 따로 갖고 다녔으며, 폴 오스터Paul Auster는 제목을 생각하는 데만 몇 년씩 보내기도 했다. 이렇듯 작가들은 겉으론 우아하게 보이는 백조가 물 밑에선 필사의 물갈퀴질을 하듯 좋은 제목을 찾기 위해 발버둥친다.

그런데 한 가지 분명히 해둘 게 있다. 글이 별로여도 제목만 좋으면 된다는 이야기가 결코 아니다. 엉터리 글인데도 제목 하나로 성공할 수 있다는 이야기는 더더욱 아니다. 글의 내용이 제목을 책임지지 못 하면 큰일 난다. 욕을 바가지로 얻어먹으면서 '사기꾼'이란 말까지 들을 수도 있다.

그런 우려 때문인가? 학생들의 글을 보면 두루뭉술한 제목이 너무 많다. 다시 텔레비전 토론 프로그램에 빗대 말하자면, 사회자의 입장에서 제목을 붙인다는 것이다. 그건 방송사에서 할 일인데, 왜 그렇게 주제 넘는 일을 하는가? 제목은 토론자의 입장에서 자기주장의 핵심을 표현할 수 있게끔 압축해서 다는 게 좋다.

물론 막상 해보면 제목 달기가 매우 어렵다는 걸 느끼게 될 것이다. 나는 학생들에게 리포트 작성 시 리포트의 주장을 드러내는 동시에 독자가 읽고 싶은 유혹을 느끼게끔 '야하게' 제목을 붙이라고 누누이 강조하지만, 매번 이 요청을 지키지 않는 학생이 더 많다. 왜 그럴까? 자기주장이나 생각이 없기 때문이다. 또는 여러 생각이 헷갈려 중심을 잡지 못하기 때문이다. 제목 붙이기는 그런 문제들을 극복하게 해주는 '안전장치'로서 의미도 갖고 있다.

제목을 달면서 자기만의 독특한 개념을 생각해보는 것도 좋다. 무슨 새로운 이론 수준의 개념을 말하는 게 아니다. 평범한 용어라도 2개의 서로 다른 용어를 결합시켜 나만의 주장을 부각시킬 수 있는 개념을 만들어낼 수 있다는 것이다. 그런 시도를 해보면 알겠지만, 그것 또한 말처럼 쉬운 일이 아니다. 내용에 책임을 져야 하기 때문이다. 책임을 지기 위해 자꾸 생각하고 또 생각하다보면 그 과정에서 좋은 글이 나올 수 있다.

신문을 2~3개 구독할 경우엔 꼭 주요 기사의 제목들을 신문별로 비교해보기 바란다. 각 신문의 성격이 드러나기도 하겠지만, 똑같은 내용의 기사라도 제목을 어떻게 붙이느냐에 따라 기사를 읽느냐 마느냐가 결정된다는 걸 느끼게 된다. 무책임한 선정성을 저지르지 않으면서도 멋진 제목을 다는 건 얼마든지 가능한 일이며 꼭 필요한 일이다.

제목은 글을 쓰기 전에 먼저 다는 게 좋다. 글을 쓰면서 생각이 달라지면 그때 바꾸면 된다. 나는 신문 칼럼을 쓸 때엔 제목을 결정하는 게 칼럼의 완성까지 필요한 시간과 노력의 70퍼센트를 차지한다. 멋진 제목을 달기 위해 쓰는 시간을 아까워할 필요는 없다. 제목을 붙이려고 궁리하면서 글의 전반적인 구조나 흐름까지 생각하기 때문에 나중에 따지고 보면 오히려 시간을 절약하는 셈이 된다.

30초 내에 설명할 수 있는
콘셉트를 제시하라

....

....!

"만일 어떤 생각을 단 한 줄의 범퍼 스티커에 담을 수 없다면, 그 생각으로 많은 지지를 끌어내리라는 희망은 접어야 마땅하다." 미국 역사학자 릭 셴크먼Rick Shenkman이 『우리는 얼마나 어리석은가?: 미국 유권자에 대한 진실』(2008)에서 한 말이다.

손에 쥘 수 있는 아이디어가 선거마저도 지배하는 현상을 좋게 보긴 어렵지만, 그게 현실인 것을 어이하랴. 선거와 정치가 그런 식으로 이루어지는 건 문제지만, 대중문화와 기업계에선 짧게 요약할 수 있는 아이디어는 미덕으로 예찬 받고 있다.

"영화의 아이디어를 25단어 이내로 설명할 수 있다면 그건 좋은 영화일 겁니다. 저는 손에 쥘 수 있는 아이디어를 좋아합니다." 할리우드 영화감독 스티븐 스필버그Steven A. Spielberg, 1946~의 말이다. 할리우드에선 25단어 이내로 설명할 수 있는 아이디어를 가리켜 '하이 콘셉트high concept'라고 부른다.[41]

할리우드에서만 그럴까? 그렇지 않다. 미국 대학에선 학위 논문을 쓰려는 학생에게 주제에 대해 25단어 이내로 설명해보라고 요구하는 교수가 많다. 굳이 단어 수를 말하지 않더라도 "주제가 뭔데?"라는 질문에 일장연설을 할 시간이 없다. 짧게 설명할 수 있어야 하는데, 그게 바로 25단어 안팎이라는 이야기다.

미국 기업계에선 그런 '하이 콘셉트'를 제시하는 걸 가리켜 '엘리베이터 연설elevator speech'이라고 한다. 엘리베이터를 타고 가는 30초에서 1분 정도의 짧은 시간에 동승자에게 자신의 의견을 피력하는 것을 말한다. '엘리베이터 피치elevator pitch'라고도 한다. 회사, 상품, 서비스의 개념이 엘리베이터 한 번 타는 동안 설명할 수 있을 만큼 간단명료해야 한다는 뜻으로 널리 쓰이는 말이다.[42]

구글의 CEO였던 에릭 슈미트Eric Schmidt는 『구글은 어떻게 일하는가』(2014)에서 "전문성과 창의력을 갖춘 최고의 인재는 흔히 자신의 사업을 직접 경영하고 싶어 떠나려 한다. 이런 의욕에 실망해서는 안 된다. 다만 그들의 '엘리베이터 피치'를 물어보라"며 다음과 같이 말한다.

"당신의 전략적 토대는 무엇인가? 어떤 종류의 문화를 마음에 두고 있는가? 내가 만일 장래의 투자자라면 나에게 뭐라고 말할 것인가? 만일 제대로 된 대답을 하지 못한다면 그들은 떠날 준비가 안 된 것이 분명하다. 이런 경우에 우리는 보통 남아서 회사에 기여하면서 계속 자신의 아이디어에 골몰하라고 조언을 해준다. 그리고 그들의 아이디어에 우리가 투자할 수 있게 납득될 때, 기꺼이 보내주겠다고 말한다(잡을 수 없다면!). 이 정도면 뿌리치기 어려운 제안이라고 할 수 있고 우리는 이 방법으로 수많은 유능한 직원을 잡아둘 수 있었다."[43]

슈미트는 자랑처럼 이야기하지만, 실은 우리 모두 일상에서 자주 써먹는 수법이다. 친구가 다니던 직장을 때려치우고 사업을 하겠다며 당신의 의견을 물을 때 당신은 어떻게 하는가? 친구의 이야기를 1~2시간 들어봐야 판단할 수 있는가? 아닐 게다. 30초만 들어도 안다. 짧게 설명할 수 있는 알맹이가 없으면 당신은 극구 만류할 것이고, 그래야 마땅하다. 그게 바로 콘셉트의 파워다.

패트릭 라일리Patrick G. Riley의 『The One Page Proposal: 강력하고 간결한 한 장의 기획서』라는 책이 주목을 받은 것도 그런 맥락에서 이해할 수 있다. 기획서의 양이 많아지는 것은 그만큼 확실하게 내세울 만한 콘셉트가 없기 때문일 가능성이 높다. 한 장의 기획서를 요구하는 것은 수치와 통계로 얼버무리지 말라는 뜻이기도 하다.

콘셉트는 '개념槪念'이다. 개념은 무서운 것이다. 독일 철학자 이마누엘 칸트Immanuel Kant, 1724~1804는 "개념 없는 관점은 맹목적이며 관점 없는 개념은 공허하다"고 했고, 미국 페미니스트 운동가 샬럿 길먼Charlotte P. Gillman, 1860~1935은 "개념이 사실보다 강하다"고 했으며, 독일 사회학자이자 정치가인 헤르만 셰어Hermann Scheer, 1944~2010는 "개념은 정체성과 정치적 투쟁을 위한 수단이다"고 했다.

왜 개념이 무서운가? 사람을 움직이게 만들 수 있기 때문이다. 심지어 헌신적인 투쟁까지 이르게 할 수도 있다. 개념은 콘셉트의 번역어지만 콘셉트에 비해 무거운 느낌을 준다. 기업계에서 굳이 콘셉트라는 외래어를 선호해 쓰는 데엔 아마도 그런 무거움을 떨쳐버리고 비교적 가볍게 접근해보자는 뜻도 있을 게다.

글쓰기도 가볍게 접근하자는 취지에서 콘셉트로 부르기로 하자. 글의 성격에 따라 콘셉트가 필요 없는 글도 있을 순 있지만, 그 어떤 주장이나 아이디어를 내세우는 글이라면 반드시 콘셉트를 제시해야 하고, 그것은 30초 내에 설명할 수 있는 것이어야 한다.

물론 그건 쉽지 않은 일이지만, 목표로 삼을 필요는 있다. 나는 학생들의 글이나 리포트에 대해 '엘리베이터 스피치'를 시도한다. 물론 학생에게 묻는 질문은 간단하다. "무슨 글이야?" 무엇에 관한 글이라는 답이 돌아오면, "아니 그러니까 이떤 주장을 하려는 거냐고?"라고 되묻는다. 의외로 여기서 말문이 막히는 학생이 많다.

그런 질문은 스스로 해보는 게 좋다. 길건 짧건, 나는 내 글에서 30초 내에 말로 설명할 수 있는 콘셉트를 제시하고 있는가? 이런 질문은 자기 생각이나 주장이 없거나 약한 글을 검증하는 데에 큰 도움이 된다. 셍크먼의 어법을 원용해 말하자면, 어떤 생각을 30초 내에 설명할 수 없다면, 그 생각으로 독자들의 관심이나지지를 끌어내리라는 희망은 접는 게 좋다. 그렇다고 글쓰기마저접을 필요는 없다. 30초 내에 설명할 수 있는 콘셉트를 제시하기위해 애쓰면 되니까 말이다. 이 또한 늘 나 자신에게 스스로 하는주문이다.

제3장
행위에 대하여

통계를 활용하되,
일상적 언어로 제시하라

사회문제에 대한 글을 쓸 때에 개략적인 통계 수치를 대면서 말하는 것과 '엄청나게'라는 식으로 말하고 넘어가는 것 사이에는 그야말로 엄청난 차이가 있다. 이는 정치인을 떠올려보면 쉽게 이해할 수 있다. 텔레비전 토론 등에서 정치인이 통계 수치를 잘 활용하면 유권자들에게 강한 인상을 심어줄 수 있다. 똑똑하다는 인상과 더불어 성실하다는 느낌도 준다.

시사 문제에 대한 논증형 글쓰기를 할 때엔 기본적인 통계 수치를 인용하면서 논지를 펴는 게 좋다. 통계 수치를 활용하면 글의 설득력이 훨씬 더 높아진다. 그게 힘들거나 그럴 필요까진 없는 경우라면 통계에 대한 최소한의 감각은 갖도록 평소 노력하는 게 필요하다. 사안을 더 깊이 볼 수 있는 장점이 있기 때문이다.

예컨대, 경제 이야기를 할 때에 대외 의존도는 매우 중요한 의미를 갖는다. 대외 의존도는 한 나라의 경제가 해외 부문에 얼마나 의존하고 있는지를 나타내는 지표로, 무역액(수출액과 수입액의 합)이 국민총소득GNI에서 차지하는 비율이다. 그냥 한국 경제의 대외 의존도가 높다고 막연하게 생각하는 것보다는 구체적인 통계 수치를 통해 이해할 때에, 그것이 갖는 의미에 대해 좀더 깊이 접근할 수 있다. 대외 의존도가 낮은 나라에선 성공한 정책이라도 한국에선 높은 대외 의존도 때문에 실패할 수 있다는 걸 염두에 둔다면 무분별한 선진국 벤치마킹에 설득력 있는 이의 제기를 할 수 있을 것이다.

2017년 한국의 대외 의존도는 84.0퍼센트로 6년 만에 상승한 것으로 나타났다. 세계은행(2016년) 기준으로 보면 한국의 GNI 대비 수출입액은 주요 43개국 가운데 21위였다. 1위인 룩셈부르크는 599퍼센트에 달했고 2위 아일랜드는 268퍼센트였다. 브라질은 25퍼센트로 최하위인 43위, 미국은 26퍼센트로 42위였다. 우리에게 중요한 미국과 일본의 대외 의존도는 늘 20퍼센트대에 머물고 있다. 내수 시장이 크지 않은 한국 경제 특성상 대외 의존도가 높은 것은 자연스러운 측면이 있지만, 수출입에 지나치게 의존하지 않도록 내수를 탄탄하게 하는 노력은 지속해야 한다는 데

엔 대부분 동의하고 있다.[1]

구직자가 원하는 일자리와 기업이 필요한 인력 조건이 서로 어긋나는 '노동수급 불일치' 현상이나 대기업과 중소기업의 관계에 대한 이야기를 하고자 한다면, "99퍼센트의 중소기업이 전체 근로자의 88퍼센트를 고용한다"는 '9988' 정도는 알고 있어야 한다(전국경제인연합회는 "중소기업의 비중은 99퍼센트가 맞지만 고용하는 직원 비중은 76퍼센트로 나타났다"며 '9988'이 아닌 '9976'이라고 주장했다). 청년 실업 문제를 해결할 수 있는 '킹핀'이 중소기업에 있다는 게 분명함에도 대기업에만 한국 경제의 목숨을 거는 게 이상하지 않느냐는 문제를 제기하는 데에 꼭 필요한 통계라 할 수 있겠다.

정치 개혁 이야기를 할 때엔 정당 가입률(선거 시즌엔 선거인 대비 10퍼센트대로 부쩍 늘지만 평소 당비 내는 진성 당원은 1퍼센트 미만), 노동 문제 이야기를 할 때엔 노조 조직률(2016년 기준 10.3퍼센트로 OECD 가입국 중 최하위 수준, OECD 평균은 29퍼센트), 주거 문제 이야기를 할 때엔 1인 가구 비율(2015년 기준 27.2퍼센트)을 정확히는 아니더라도 어느 정도 아는 것이 필요하다. 취업 문제를 논할 때엔 문·이과 수능 응시 비율은 6대 4인 반면 기업 채용은 2대 8이라는 '취업 미스매치'에 관한 개략적인 통계를, 영화 이야기를 할 때엔 한국은 2013년 기준 1인당 평균 영화 관람 편수가 4.12편으로, 미국(3.88편)을 제치고 처음 세계 1위에 올라섰다는 통계를 제시해주면 좋다.

평소 주요 통계를 챙겨두는 버릇을 갖자. 사회적 이슈에 대해 판단할 때에도 구체적이고 공정한 감각이 키워진다. 통계를 활용하되, 인간적이고 일상적인 언어로 제시함으로써 통계 수치에 생명을 불어넣으면 설득력이 더욱 높아진다. 대비되는 통계를 제시하면서 그렇게 하면 더더욱 좋다. 당신이 재벌의 경영권 문제에 대해 비판적인 글을 쓴다고 가정해보자. 국내 기업 경영 평가 기관인 CEO스코어가 30대 그룹 216개 계열사의 임원 현황을 5년간 추적 조사한 결과에 따르면, 30대 그룹에 입사한 사원이 임원이 될 확률은 1퍼센트, CEO가 될 확률은 0.03퍼센트인 것으로 나타났다. 반면 30대 그룹 오너 3,4세 임원 32명이 입사 후 임원 승진까지 걸린 기간은 평균 3.5년이었다.[2] 누구는 1퍼센트 확률을 위해 평생을 바치는 반면, 누구는 100퍼센트 확률로 3.5년 만에 목표를 달성하는 건 너무 불공정하지 않느냐는 주장의 근거로 삼을 수 있겠다.

이번엔 당신이 전북도민으로서 전북의 인구 감소를 우려하면서 나름의 대안을 제시하는 글을 쓴다고 가정해보자. 전북 인구는 1966년 252만 명이었지만, 현재는 180만 명대에 머무르고 있으며 계속 감소 추세를 보이고 있다. 이런 통계 수치를 일일이 제시하는 것도 좋겠지만, 그렇게 할 여유가 없을 땐 "오늘도 60명이 전북을 떠난다"는 식으로 문제의 심각성을 피부에 와닿게 이야기하는 게 좋다. 지난 반세기 동안의 대한민국 인구 증가율을 전북에 적용하면 오늘날 전북 인구는 400만 명이 넘어야 한다고 말할 수도 있다.

한 걸음 더 들어가 '통계의 스토리텔링화'도 가능하다. 미국의 여론조사 업체인 해리스인터랙티브가 직장인 2만 3,000명에게 설문조사한 결과를 예로 들어보자. 이 조사에선 37퍼센트만이 조직이 무엇을 왜 달성하려고 하는지 분명하게 안다고 말했다. 5명 가운데 1명만이 팀과 조직의 목표에 대해 열의를 갖고 있었다. 5명 중 오직 1명만이 자신의 업무와 팀 또는 조직의 목표 사이의 연관성을 뚜렷이 알고 있다고 대답했다. 오직 15퍼센트만이 자신이 속한 조직이 중심 목표를 성취할 수 있도록 완전한 지원을 해주고 있다고 느낀다. 오직 20퍼센트만이 자신이 일하고 있는 조직을 신뢰한다.

스티븐 코비Stephen R. Covey, 1932~2012는 『성공하는 사람들의 8번째 습관』에서 이 여론조사 결과를 다음과 같은 스토리로 제시했다. "이를 축구팀에 비유해보자. 열한 명의 선수들 가운데 자기

팀 골대를 정확하게 알고 있는 선수는 네 명뿐이다. 그리고 그 사실에 신경 쓰는 사람은 두 명뿐이다. 열한 명의 선수들 가운데 오직 두 명만이 자신의 포지션과 자신이 해야 할 일에 대해 정확하게 알고 있으며, 오직 두 명의 선수만이 상대팀과의 경기에서 이기기 위해 노력한다."[3]

이렇듯 통계 수치를 인간적인 척도로 변환하면 훨씬 강한 인상을 줄 수 있다. 『스틱!』이라는 책에서 이 사례를 제시한 칩 히스 Chip Heath와 댄 히스Dan Heath가 보여주는 또 하나의 예를 살펴보자. 상어의 위험성에 대한 과장된 인식을 바로잡기 위해 이런저런 통계를 제시할 수 있겠지만, 이런 식으로 써보는 건 어떨까? "다음 중에서 당신을 죽일 가능성이 더 큰 동물은? 상어, 사슴." 정답은 사슴이다. 사슴에게 죽임을 당할 확률이 상어에게 습격을 받을 확률보다 높다. 더욱 정확하게 말하자면, 사슴이 (자동차 충돌로) 당신을 죽일 확률은 상어의 300배나 된다.[4]

물론 이런 방식으로 시도하는 통계의 일상적 언어화엔 이의를 제기할 수도 있다. 상어와 사슴에 대한 사람들의 경계의 정도가 크게 다르지 않느냐는 반론이 가능하다. 다만 통계 수치는 날것으로 제시하기보다는 왜곡하지 않는 선에서 어느 정도 가공해서 제시할 필요가 있다는 걸 유념하는 선에서 이해하면 되겠다.

이른바 '언론고시' 공부를 할 때에 주요 통계 수십여 개를 외워둬 실전에서 적잖은 재미를 본 학생이 많다. 당신이 글쓰기 시험을 보아야 할 수험생이라면 그렇게 해보기를 권하고 싶다. 그 외워둔 통계를 시험에 써먹지 못하면 어떤가? 친구들과 나누는 대화에서 써먹을 수도 있지만, 더 중요한 건 사회를 이해하고 진단하는 데에 큰 도움이 된다는 사실이다. 주요 통계 외우기가 야심만만한 정치인들의 필수 사항인 이유도 바로 여기에 있다.

우도할계의
유혹에 완강히 저항하라
!

우도할계牛刀割鷄는 소 잡는 칼로 닭을 잡는다는 뜻으로, 큰일을 처리할 기능을 작은 일을 처리하는 데 씀을 이르는 말이다. 비슷한 말로 견문발검見蚊拔劍이 있다. 견문발검은 모기를 보고 칼을 빼어든다는 뜻으로, 사소한 일에 과도한 대응을 하는 모습을 가리키는 말이다. 이 사자성어들의 취지를 글쓰기에 원용하면 '우도할계의 오류'나 '견문발검의 오류'라는 것도 가능하다.

최근 각종 미디어에서 가장 많이 나타나는 우도할계의 대표적인 예는 '신자유주의'다. 그리 크지 않은 사회적 주제를 다루다가도 모든 건 신자유주의 때문이라는 결론으로 빠져든다. 이런 주장이 잘못되었다는 뜻이 아니다. 차원 또는 층위를 벗어난 이야기라는 것이다. 신자유주의 타령을 하기 시작하면 동어반복이 될 뿐 진도가 나아가질 않는다.

제임스 퍼거슨James Ferguson은 『분배정치의 시대: 기본소득과 현금지급이라는 혁명적 실험』(2015)에서 남아프리카공화국에서 '신자유주의'가 어떻게 남용되었는지를 잘 설명하고 있다. 남아공의 거의 모든 지식인과 정치인이 신자유주의를 비난하는 데에만 집중한 나머지 현실적이고 설득력 있는 대안과 전략을 내놓기가 어려웠다는 것이다.[5]

학생들의 글을 보면 의외로 우도할계의 유혹에 빠져드는 경우가 많다. 예컨대, 어느 학생은 지극히 현실적인 한국 영화 산업의 문제를 다루는 글에서 대중영화 자체를 문제 삼으면서 '예술영화'와 '실험영화'에 대한 관심을 촉구했는데, 이는 논점을 벗어난 이야기다. 그건 실업난을 주제로 한 글에서 자본주의 경제 자체를 문제 삼는 것처럼 너무 '근본'으로 파고드는 문제와 비슷하다. 그런 주장은 '대중문화'나 '오락에 미친 사회'와 같은 주제를 다루는 글에 적합하다.

지방 언론의 문제를 다루는 글도 마찬가지다. 그런 글에서 '서울공화국'이라는 구조를 건드리는 건 꼭 필요하다. 그러나 그건 서론으로만 필요할 뿐 내내 그 구조 이야기만 하다 보면 한 걸음도 진전할 수 없다. 그런 구조를 바꾸기 위한 장기적인 노력이 필요하다는 걸 전제해놓고 그런 구조의 제약 속에서나마 할 수 있는 일은 없는가 하는 걸 논의해야 한다.

우도할계의 오류는 한국 사회에 꽤 만연되어 있는 '기대담론 증후군'이기도 하다. 거대담론巨大談論, metadiscourse은 철학이나 언어학을 비롯한 인문학에서 사용되는 개념으로, 어떤 담론의 구조나 체계에서 상부 단계나 포괄적 단계에 속한 담론을 뜻하지만,[6] 구체적인 현실 문제에 너무 거대한 담론에 대응하는 경향을 냉소적으로 일컫는 말로도 쓰인다. 그런 경향을 가리켜 거대담론 증후군이라고 한다.

거대담론 증후군은 한국형 '맥시멀리즘Maximalism(최대주의)'의 산물이다. 맥시멀리즘은 미니멀리즘과는 정반대로 "더 많은 것이 더 많다" 또는 "큰 것이 아름답다"는 심미적 원칙에 기초를 두고 있는 예술적·사상적 경향을 말한다.[7] 한국인은 워낙 통이 커 체질적으로, 사상적으로 맥시멀리즘을 사랑하는 경향이 강하다.

안재홍1891~1965이 좌우 합작을 시도한 신간회의 해소를 주장하는 급진 사회주의자들을 겨냥해 "조선의 운동은 걸핏하면 최대형의 의도와 최전선적 논리에 집착해 과정적 기획 정책을 소홀히 한다"고 비판한 건 일제강점기 시절인 1931년이었는데,[8] 그로부터 80여 년이 지난 지금까지도 그 습속은 여전하다.

김상조는 정치권이 공허한 최대 강령을 쏟아낼 게 아니라 법치주의에 따른 방법론적 최소 원칙이 필요하다고 주장해왔다. 그는 "거대담론one-size-fits-all-model만으로 세상을 변화시킬 수 없다"면서 "한국 사회에서 부족한 것은 거대담론을 만들어내는 능력이 아니라 구체적인 정책을 만들고 집행하는 능력"이라고 주장한다.[9]

'시대정신'이니 '역사의 도도한 흐름'이니 하는 거대담론을 구사하게 되면 자기 자신도 모르게 그 거대함에 압도되어 빨려 들어가게 된다. 자기 생각을 정당화하려는 포장 심리로 오용되어 습관으로 굳을 위험이 있다는 걸 조심해야 한다. 자꾸 그런 단어를 써 버릇 하면 나중에 감당할 수 없는 사태가 벌어질 수도 있다. 물론 그런 단어의 사용이 불가피한 경우도 있을 것이나 그런 경우가 얼마나 되겠는가. 아마도 선동적인 글에선 거대담론이 필요할 것이나 시사 문제를 다루는 논증형 글쓰기에선 자제하는 게 좋다.

늘 그런 건 아닐망정, 많은 경우 거대담론은 과도한 추상성에서 비롯된다. 허버트 스펜서Herbert Spencer, 1820~1903는 "나는 추상적인 것에 너무 빠져들었기 때문에 구체적인 인간에 대한 관찰이 서툴다"고 정직하게 고백한 바 있다.[10] 고상하고 품위 있는 글을 쓰기 위해선 꼭 추상화 능력이 필요하지만, 시사적인 이슈에 대해 추상 일변도로만 나가면 논점이나 본질을 피해간다는 인상을 줄 수 있으므로 조심해야 한다.

가장 바람직한 건 필요에 따라 '거시'와 '미시' 담론을 자유자재로 구사하는 능력이다. 이 능력은 사회현상을 분석할 때에도 탁월한 안목을 제공해준다. 사회현상을 거시적으로도 보고 미시적으로도 보는 '차원 구분'을 시도해보자.

학생들에게 '다문화주의'라는 주제로 글을 쓰게 했을 때 여러 학생이 한국과 미국을 비교하면서 혼란을 일으켰다. 한국이 다양하고 미국이 획일적이라는 주장을 한 학생이 있었는가 하면, 정반대로 한국이 획일적이고 미국이 다양하다는 주장을 한 학생도 있었다. 왜 그런 일이 벌어졌을까?

김영명이 아주 좋은 답을 내놓았다. 획일성과 다양성 문제에 대해 김영명은 "동양에는 서양과 동양이 공존하지만 서양에는 서양밖에 없지 않은가? 그런데 왜 사람들은 서양이 동양보다, 미국이 한국보다 더 다양하다고 할까?'라는 물음을 던졌다. 그의 답은 한국은 '문명 차원'에선 다양하지만 '일상 차원'에선 획일적이라는 것이다.[11]

다시 정리해보자. 문명 차원에선 한국이 다양하고 미국이 획일적이다. 반면 일상 차원에선 한국이 획일적이고 미국이 다양하다. 이렇게 차원 구분을 해주어야 교통정리가 제대로 된다. 응용을 해보자. 한국인은 새것에 적대적인가 하면 새것에 열광하기도 한다. 왜 그럴까? 열광은 주로 유행과 같은 집단적 쏠림 현상이 일어날 때에 나타난다는 점으로 설명할 수 있다.

거시와 미시, 추상과 구체를 동시에 사랑하자. 그것들은 서로 가로지르면서 뒤섞이기도 한다는 걸 유념하자. 세상은 예술이다. 복잡하게 보자. 역설 같지만 그래야 단순하게 이해된다. 처음부터 단순하게 보면 뒤죽박죽이 되어 세상을 이해하는 걸 아예 포기하게 된다. 매사를 미시적으로만 보는 것도 문제지만 거시적으로만 보는 것도 문제다. 사안에 따른 적절한 시각과 균형 감각이 필요하다.

추상명사의
함정에 빠지지 마라

....

....!

프로파간다 기법 중에 '화려한 추상어glittering generality'라는 게 있다. 논쟁 또는 선전에서 인물, 제품 또는 주장을 칭송하기 위해 일반적으로 만인에게서 호의적인 반응을 얻어낼 수 있는 단어들virtue words을 사용하는 기법이다. 그러한 단어는 문명, 민주주의, 애국심, 조국, 과학, 건강, 질서, 평화, 안전, 사랑 등 무수히 많다.

'민주주의'라는 말은 그 후광효과가 너무도 커 이 지구상의 그 어떤 흉악무도한 독재국가도 민주주의를 한다고 주장한다. 제1·2차 세계대전 시에도 그러했듯이, 전쟁은 늘 "세계 평화와 정의를 실현하기 위해서"라는 말로 정당화된다. 많은 제3세계 국가에서 무자비한 인권 탄압은 "국가의 안녕과 질서를 지키기 위하여"라는 말로 옹호된다.[12]

'화려한 추상어' 기법이 우리에게 말해주는 것은 무엇인가? 선전을 위한 글쓰기를 한다면 모를까, 그렇지 않은 글쓰기에서 선전과 다를 바 없는 내용과 형식으로 논지를 전개해나가면 안 된다는 경고다. 이런 추상명사의 함정을 가장 먼저 체계적으로 지적한 이는 공리주의utilitarianism의 창시자인 제러미 벤담Jeremy Bentham, 1748~1832이다.

오늘날엔 공리주의를 보수주의 사상이라고 비판하는 게 진보의 당연한 의무인 것처럼 생각되지만, 공리주의는 한 세기 이상 지배적인 윤리 이론이었으며, 그중에서도 특히 정의에 대해 가장 영향력 있는 이론이었다. 공리주의는 처음 세상에 선을 보인 시절엔 혁명적인 사상으로 여겨졌다. 벤담은 여성 투표권, 보통선거권, 표현의 자유, 정교분리 등을 주장한 당대의 반항아요 급진주의자였다.[13]

공리주의를 옹호하려는 게 아니다. "오늘의 혁명 이데올로기는 내일의 반동 이데올로기가 된다"는 말이 있듯이, 공리주의에 많은 문제가 있음을 그 누가 모르랴. 공리주의는 정의와 권리를 원칙이 아닌 계산의 문제로 간주함으로써 개인의 권리를 존중하지 않으며, 인간 행위의 가치를 하나의 도량형으로 환산해 획일화하면서 그것들의 질적 차이를 무시하고 쾌락으로 환산할 수 없는

인간의 다양한 가치를 제대로 고려하지 못해 인간의 존엄성을 저하시킨다는 비판을 받고 있다.[14]

그러나 공리주의의 그런 한계가 공리주의를 탄생시킨 문제의식까지 부정할 수 있는 것은 아니다. 벤담은 자연과학의 위대한 진보는 언어의 의미 없는 사용을 피하는 능력에서 비롯되었다고 보았기에 추상명사의 함정을 극도로 경계했다. 모든 명사는 '실체가 있는 것'을 가리킬 수도 있지만, '허구적인 것'을 가리킬 수도 있음에도 우리는 종종 이 차이를 의식하지 못한다. 그런 문제를 인식한 벤담은 '선함', '의무', '존재', '마음', '정正', '사邪', '권위', '대의' 같은 단어들은 사실상 그 어떤 것도 지칭하지 않으며, "추상적인 진술일수록 오류일 가능성이 더 크다"고 주장했다.[15]

물론 벤담의 주장을 그대로 다 받아들일 필요는 없지만, 우리가 추상적 진술과 현실을 자주 혼동한다는 걸 부인하긴 어렵다. 미국의 진보적 사회운동가 솔 알린스키Saul Alinsky, 1909~1972가 추상적 진보의 함정에 빠지지 말라고 경고한 것도 바로 그런 이유에서였다. 알린스키는 1960년대 운동권 학생들의 영웅이었지만, 그는 신좌파New Left 학생 지도자들이 혁명 의욕에 너무 충만한 나머지 있는 그대로의 세상이 아니라 자기들이 원하는 세상 중심으로 운동을 전개하는 것에 대해 매우 비판적이었다.

알린스키를 만나러온 신좌파 지도자들이 알린스키의 운동 방식은 '퇴폐적이고, 타락하고, 물질주의적인 부르주아 가치'의 전복은 물론 '자본주의 타도'와 거리가 멀지 않느냐고 이의를 제기하자, 알린스키는 냉소적으로 이렇게 쏘아붙였다. "그 가난한 사람들이 원하는 게 '퇴폐적이고, 타락하고, 물질주의적인 부르주아 가치'의 향유에 동참하는 것이라는 걸 모르는가?" [16]

이게 우리의 글쓰기와 무슨 상관이냐고 의아하게 생각할 독자도 있겠지만, 이미 이 지점에서 뭔가 크게 깨우친 독자도 있으리라 믿는다. 글쓰기를 할 때에 추상적 당위에 취한 나머지 현실과 구체적 논증을 소홀히 하는 학생이 의외로 많기 때문이다.

경제학자 스탠리 피셔Stanley Fischer, 1943-는 "하나의 모범 사례는 1,000개의 이론만큼 가치가 있다"고 했다. 사실 이는 대부분의 글쟁이가 잘 알고 있으면서도 잘 실천하지 못하는 것이다. 꼭 모범 사례가 아니더라도 적절한 사례를 찾아내거나 스스로 만들어내는 게 영 쉽지 않기 때문이다. 이는 구체보다는 추상이 쉬울 수 있다는 걸 의미하는 것이기도 하다.

추상과 구체는 양자택일의 문제도 아니고 우열을 논할 수 있는 것도 아니지만, 현실적인 문제를 다루는 글에선 가급적 추상보다는 구체에 프리미엄을 주는 게 좋다. 추상적인 개념은 사람에 따라 완전히 다른 방식으로 해석될 수 있는 반면, 구체성은 이러한 문제를 해결할 수 있을 뿐만 아니라 이해와 기억에 훨씬 더 유리하기 때문이다.[17]

그런 점에서 가급적 명사보다는 동사로 표현하는 게 낫다. 내털리 골드버그Natalie Goldberg, 1948-는 "동사의 힘은 놀랍다. 문장에 힘을 준다. 동사는 행동이다"며 동사를 예찬한다. 대부분의 글쓰기 책이 "명사를 동사로 바꿔 쓰라"고 조언하는 것은 쉽고 명확한 이해, 추상성에 대비되는 구체성의 힘, 정적인 느낌보다는 동적인 느낌 등의 효과를 얻기 위해서지만, 거기에 더해 의도하지 않은 효과를 얻을 수도 있다. 그건 바로 추상의 함정에 빠지지 않고 실제 삶에 적용할 수 있도록 검증해준다는 것이다.

글쓰기를 위해 스스로 질문을 던질 땐 가급적 생생하고 시각적인 질문을 던지는 게 좋다. 추상의 함정에서 벗어나기 위해 가급적 사람을 넣어서 질문해야 하며, 질문은 제한적이고 구체적이어야 한다. 『아이디어 메이커』의 저자들은 "모기지 대출 시장에 진입하기 위해 어떤 전략을 세워야 하는가?"라고 묻기보다는 "흑자를 내면서 로스앤젤레스에 살고 있는 25세 여성 회계사의 관심을 끌 수 있는 모기지 대출 상품을 만들려면 어떻게 해야 할까?"라고 물으라고 권한다.[18]

이런 질문법은 시사적인 사회문제를 다루는 글에서도 얼마든지 활용할 수 있다. 예컨대, 당신이 평등 지향적이라면 평등을 실현하는 데에 도움이 될 정책을 찬성할 게 틀림없다. 어떤 질문을 던지건 찬성이라는 기본 입장엔 변함이 없겠지만, 질문을 어떻게 던지느냐에 따라 그 정책 실현의 방법론에선 큰 차이가 나타날 수 있다. 속도 조절론을 내세울 수도 있고, '의도하지 않은 결과unintended consequence'에 대한 대비책이 없거나 빈약한 것에 대해 비판할 수도 있다. 그런 정책에 관한 논의와 모기지 대출 시장에 진입하기 위한 전략 입안은 전혀 다른 성격의 일인 것 같지만, 추상명사의 함정을 피해가야 한다는 점에선 다를 게 없다.

추상명사의 함정은 이른바 '지행격차知行隔差, knowing-doing gap'의 문제 때문에 발생하는 것이다. '아는 것'과 '하는 것'은 다르다. 그래서 일부 학자들은 지식을 '아는 지식'과 '하는 지식'으로 나누면서 두 지식의 본질과 속성에 큰 차이가 있다고 주장한다. 추상명사를 다루는 글쓰기를 할 때엔 '하는 것'의 영역까지 치고 들어가겠다는 자세를 가져야 그 함정을 벗어날 수 있다.

'아는 것'과 '하는 것'을 조화시키는 균형 감각을 키우는 데엔 '모순어법oxymoron'을 활용하는 것이 도움이 된다. 모순어법은 서로 양립할 수 없을 것 같은 단어를 함께 사용하는 것이다. "처음에 모순적이지 않은 아이디어는 희망이 없다"고 한 알베르트 아인슈타인Albert Einstein, 1879~1955의 명언이야말로 모순어법의 슬로건이라고 할 수 있겠다.

예컨대, '진보적 보수'나 '비타협적 현실주의'라는 말을 보자. '보수적 진보'나 '타협적 이상주의'로 바꿔 말해도 무방한 이 용어들은 말이 안 되는 모순처럼 보이지만, 어느 한쪽만을 고집하는 진보주의자들과 보수주의자들에게 성찰의 기회를 제공할 수 있다. 이는 한국 사회의 이념 갈등을 '보수–진보'의 이분법으로 보려는 경향에 시사하는 바가 크다. 그런 이분법은 '진보적 진보'과 '보수적 보수' 사이에 존재하는 '진보적 보수'와 '보수적 진보'를 죽이면서 비생산적인 이념 투쟁만을 일삼는 양대 세력의 '적대적 공존'만을 강화시킬 뿐이다.

어떤 추상명사건 모순어법의 활용이 가능하다. '주관적 객관(객관적 주관)', '수동적 능동성(능동적 수동성)', '비사교적 사교성(사교적 비사교성)', '친숙한 놀라움(놀라운 친숙)' 등 적용 범위는 무궁무진하다. 이런 활용은 평소의 굳어진 사고방식에서 벗어나 상상력을 키우는 동시에 현실에 한 발 다가섬으로써 어떤 아이디어나 주장의 실천 가능성을 점검해볼 수 있다는 장점이 있다.

양파 껍질은
여러 겹임을 잊지 마라

....!

"계집은 다마네기(양파)다." 시인 이상1910~1937은 까도까도 마음을 알 수 없다는 이유로 그렇게 말했다지만, 여자만 양파이겠는가. 우리 인간이 양파다. 우리는 가끔 '양파 같은 사람'이란 말을 쓰는데, 이는 보통 2가지 의미로 사용된다. 알면 알수록 뭔가 새로운 걸 보여주는 매력적인 사람이라는 좋은 의미와 도무지 속을 알 수 없는 사람이라는 부정적인 의미다. 학자들이 양파의 그런 특성을 그대로 둘 리 없다. 그래서 나온 게 '양파껍질 이론onion-skin theory'이다.

양파껍질 이론은 자기를 인식하는 일은 양파처럼 여러 겹으로 이루어져 있다는 이론이다. 첫 단계는 "나는 이럴 때 행복해"와 같이 자기감정을 이해하는 능력, 두 번째 단계는 "나는 왜 화가 날까?'와 같이 어떤 감정을 왜 느끼는지를 묻는 능력, 세 번째 단계는 "나는 왜 이것을 성공 또는 실패로 간주할까?"라고 묻는 가치관 평가로 이루어진다.[19] 캐럴 길리건Carol Gilligan, 1936~은 『다른 목소리로』(1993)에서 "자신에 대해 말해달라"는 질문에 한 대학 3학년생이 대답한 것을 다음과 같이 소개하고 있다.

"난 양파껍질 이론에 대해 들은 적이 있어요. 나 자신을 여러 층의 껍질을 가진 양파로 보는 거지요. 가장 겉 표피는 내가 잘 모르는 사람들에게 보여주기 위한 것이에요. 그것은 쾌활하고 사교적이에요. 그리고 속으로 들어갈수록, 내가 잘 아는 사람들에게 보여주는 껍질들이 있어요. 가장 가운데에는 어떤 핵이 있는지, 아니면 내가 자라면서 여러 가지 영향을 받아 축적된 층들의 집합이 있는지 잘 모르겠어요."[20]

누구든 공감할 수 있는 말일 게다. 누구라도 한 번쯤 "과연 나는 누구인가?"라는 고민을 해보았을 게다. 그런데 자기 인식만 양파껍질처럼 여러 겹으로 이루어져 있는 게 아니다. 세상 모든 일이 다 그렇다고 해도 과언이 아니다. 그렇지 않다면 겉으로 드러난 것만 묘사하면 되지, 왜 분석과 해석이 필요하겠는가. 글쓰기는 사건이나 현상의 겉만 묘사하고 판단할 게 아니라 양파껍질 벗기듯이 깊이 파고들어 핵심에 도달해야 한다.

글쓰기에서 양파껍질 이론을 좀 단순화시켜 쉽게 적용할 수 방법은 '명암明暗의 법칙'을 실천하는 것이다. 이 세상의 모든 사람이나 사건엔 명암이 있다는 것이다. '동전의 양면 법칙'이라고 해도 좋겠다. 굳이 법칙이라고 할 수 없는 이런 상식에 굳이 '법칙'이라는 말을 붙인 것은, 의외로 글쓰기에서 이 점이 잘 고려되지 않은 채 흑백논리로 흐르는 경향이 농후하기 때문이다. 그래서 무슨 주제건 명암은 반드시 존재한다는 걸 명심하고 양쪽을 동시에 보겠다는 마음가짐이 필요하다.

이는 사회학에서 말하는 '순기능론-역기능론'과 통하는 것이다. 예컨대, 한국은 세계에서 둘째가라면 서러울 정도로 가족주의 문화가 강하다. 가족주의는 근로 의욕을 고취시키고 부족한 사회복지 기능을 보완하는 '연고 복지'라고 하는 순기능을 갖고 있지만, 동시에 세계 최고 수준의 존비속 살인율로 대변되는 가족 내 극심한 갈등이라는 역기능을 갖고 있다. 오죽하면 "가족은 안방에 엎드린 지옥"이라거나 "가족은 흡혈귀"라는 주장까지 나왔겠는가.

모두가 규탄하는 부정부패에도 '순기능' 또는 '명明'이 있다는 주장이 있다. 새뮤얼 헌팅턴Samuel P. Huntington, 1927~2008 같은 미국 학자들은 적어도 후진국에선 부정부패가 그 어떤 역기능

dysfunction이 있지만 ① 부정부패의 상호 유착 효과에 의한 엘리트의 결속, ② 극소수에게 부가 편중됨으로써 자본 축적 용이, ③ 뇌물에 의한 관료주의 통제 우회로 일의 신속한 처리 등과 같은 순기능을 갖고 있다는 점에 주목했다.[21]

여기서 말하고자 하는 건 이런 주장의 타당성 여부가 아니다. 심지어 부정부패에도 명明이 있다는 주장이 내로라하는 수많은 학자에 의해 제기되고 있음을 감안해 세상사 모든 일엔 겉보기와는 다른 명암이 있다는 사실을 늘 염두에 둘 필요가 있다는 것이다.

어떤 개혁 정책을 열렬히 지지하거나 강력하게 추진하는 사람들은 그 정책의 명明에만 주목하면서 암暗은 일시적인 부작용 정도로 가볍게 여길 가능성이 높다. 하지만 그 암이 너무 커서 명마저 집어삼킨다면 어찌할 것인가? 우리는 아름다운 추상명사로 이루어진 제도나 정책에 관한 글을 쓸 때엔 알게 모르게 '의도하지 않은 결과unintended consequence'를 외면하거나 과소평가하는 유혹을 받기 쉽다.

'명암의 법칙'의 일종으로 '장점의 단점 법칙'이라는 게 있다. 그 어떤 것이든 장점은 반드시 그에 상응하는 단점이 수반되기 마련이라는 법칙이다. 알렉시 드 토크빌Alexis de Tocqueville,

1805~1859은 민주주의의 장점이 동시에 단점이 되고, 그런 단점을 극복하는 힘을 가진 민주주의의 '역설'을 처음으로 포착했는데, 데이비드 런시먼David Runciman, 1967~은 『자만의 덫에 빠진 민주주의』(2013)에서 민주주의에서 "단기적 결함과 장기적 장점 사이의 긴장"은 일종의 '숙명'이라고 주장한다.[22]

그런데 민주주의만 그런 게 아니다. 어떤 사회제도나 정책이건 그런 양면성을 갖고 있다. 인간의 성격도 그렇다. 예컨대, 순발력이 있는 사람은 성격이 급하고, 차분히 생각해서 행동하는 사람은 느려 터진 면이 있고, 신념이 강한 사람은 완고한 면이 있고, 즉흥적이어서 분위기를 잘 살리는 사람은 예측 불가능성이 있어 우리를 짜증나게 만들 수 있다.[23]

이는 뒤집어서 '단점의 장점 법칙'이라고도 할 수 있는데, 우리는 보통 어느 한쪽만 보려는 경향이 있다. 쉽진 않은 일이겠지만, 내가 싫어하는 사람의 장점이나 강점을 애써 찾아보자. 그간 내가 지녀온 나의 관점과 기준을 넘어서 넓게 보자. 놀랍게도 내가 부정적으로 생각했던 그 사람의 단점이 다른 상황에선 놀라운 장점일 수 있다는 걸 깨닫게 된다.

더 나아가 그 사람에겐 내겐 없는 장점이나 강점이 있다는 것도 더 잘 눈에 들어오고 그걸 흔쾌히 인정하게 된다. 그 사람을 담

담하게 인정하고 긍정하는 마음의 여유가 생겨나게 된다. 이는 어떤 주장에 대해서도 똑같이 적용할 수 있다. 사회문제를 다루는 글쓰기엔 바로 이런 자세가 필요하다.

어떤 학생은 "그렇게 하면 자기주장을 강하게 하기 어렵지 않느냐"고 질문했는데, 정치사회적 문제에 대한 글쓰기의 당파성 구도가 강하게 이루어지고 있는 한국 사회에서 그런 의문이 드는 건 얼마든지 이해할 수 있다. 하지만 그런 뜻이 결코 아니다. 당파성에만 의존하는 그런 부실한 글쓰기를 넘어서서 엄밀한 논증을 하는 글쓰기를 해보자는 뜻이다.

시늉이라도
꼭 역지사지를 하라

!

가수 김건모는 〈핑계〉(1993)에서 "내게 그런 핑계 대지 마 입장 바꿔 생각을 해봐. 니가 지금 나라면 넌 웃을 수 있니"라고 절규했는데, 정의의 실현을 위해선 무엇보다도 그렇게 입장을 바꿔 생각해보는 것이 꼭 필요하다. 물론 남녀관계의 애정 문제는 정의의 영역 밖에 있는 것이지만, 사회적 문제에서 갈등이 발생할 경우엔 꼭 필요한 일이다.

어떤 갈등 상황에서 무엇이 공평한지를 평가할 때 입장을 바꿔 생각하는 게 어렵거나 번거롭다면 아예 그 어떤 입장도 갖지 않는 '원초적 입장original position'이라는 가상의 세계로 들어갈 필요가 있다. 이게 바로 '공정으로서 정의justice as fairness'라는 개념을 제시한 미국 정치철학자 존 롤스John Rawls, 1921~2002의 제안이다.

그런 원초적 입장을 갖는 데에 필요한 건 '무지의 장막veil of ignorance'이다. '무지의 장막'은 롤스가 자신의 입장이나 역할을 배제한 채 무엇이 공평하다고 생각하는지를 상상해보라는 의미에서 제시한 개념이다. 무지의 장막이 쳐진 상태에서 사람들은 누구도 상대의 능력, 재산, 신분, 성gender 등의 사회적 조건을 알 수 없다. 롤스는 그런 상황에서 사람들이 어떤 계층에 특별히 유리하거나 불리하지 않도록 조화로운 사회계약을 체결할 것이라며, 그렇게 합의되는 일련의 법칙이 정의의 원칙이 되어야 한다고 주장한다.[24]

우리는 사회문제에 대한 글쓰기에 임할 땐 자신이 어떤 이념 지향성이나 정치 지향성을 갖고 있건 일단 '무지의 장막'이 쳐진 '원초적 입장'에서 문제를 검토해보려는 자세를 가져야 한다. 내 글의 설득력을 높이기 위해서다. 그 실천 지침이 바로 상대방과 입장을 바꿔 생각해보는 역지사지易地思之다. 한국인들은 억울한 일을 당했을 때 "입장 바꿔 놓고 생각해보자"는 말을 많이 쓰는데, 이게 바로 역지사지를 해보자는 요청이다.

역지사지는 인식의 전환 즉, 절대화된 인식에서 상대화된 인식으로 전환을 가능하게 해줌으로써 인식의 지평이 새롭게 탈바꿈하는 인식에서 혁명을 가져온다.[25] 역지사지 원리를 수용하고 실현한 글쓰기는 혁명까지는 아닐망정 탄탄한 설득력을 확보할 수 있다. 어떤 주제에 대해 자신의 논점을 주장할 때에 다른 견해의 입장에 서본 후에 논박하라는 것이다. 그렇게 하면 논박이 쉽지 않을 것이나, 글의 질적 수준은 대단히 높아질 것이다.

온라인 글쓰기의 가장 큰 문제는 역지사지가 글을 쓰는 사람의 인정투쟁용 경쟁력 확보에 도움이 되지 않는다는 점이다. 온라인에서는 '치고 빠지는' 전투적 글쓰기가 잘 먹힌다. 사회관계망서비스에선 자기반성 없는 가해자가 반격에 나선 피해자에게 역지사지를 요구하는 어이없는 일이 벌어지기도 한다.[26]

그런가 하면 일부 유명 저자나 강사들은 글이나 말의 흡인력을 위해 역지사지를 회피한다. 강신주는 이 점을 솔직하게 밝히고 있다. "만일 제가 C라는 입장을 가지고 있다면, 다른 의견인 A와 B는 언급도 하지 않습니다. 그냥 이렇게 이야기하지요. '저는 철학자입니다. 그러니 제 말을 믿으세요. C가 옳습니다. 나머지 A와 B는 일고의 가치도 없이 잘못된 것입니다.' 독선적으로 보일 만큼 단호한 제 어투 때문에 오해도 많이 샀지만, 그래도 가장 효과적인 강연 방법이었습니다."[27]

그렇다. 단호하게 내질러야 청중이나 독자가 좋아하며 팬이 생긴다. 역지사지를 좋아하는 법학자 김두식에겐 바로 이게 고민이라고 한다. 전제를 많이 깔고 예상되는 공격에 방어를 미리 하다 보면 글이 밋밋해진다는 것이다. "『한겨레』에 칼럼을 4년 가까이 썼는데도 기억하는 독자가 거의 없어요. 글은 어떨 땐 강력하게 지르는 맛이 있어야 하는데 제가 그런 게 약해요.(웃음)" [28]

그래서 김두식은 내지르는 걸 잘하는 유시민이나 리처드 도킨스 같은 필자들이 부럽다고 말하는데, 이것 참 딜레마다. 나 역시 누구 못지않게 내지르는 글을 많이 썼던 사람이기에 김두식의 고민을 십분 이해한다. 내 경험에 비춰 보더라도, 내질러야 팬이 생긴다. 어찌 할 것인가? 이렇게 타협을 보도록 하자.

평가를 받아야 하는 논증적 글쓰기에서 강신주, 유시민, 도킨스 등을 흉내내면 큰일 난다는 걸 명심하자. 온라인 글쓰기의 품질과 도덕성 향상을 위해서도 역지사지가 꼭 필요하다는 원칙을 포기할 수는 없는 일이다. 하지만 당신이 훈련 단계를 끝내고 당신의 이름을 걸고 어떤 주장을 하고자 할 때엔 내질러도 좋다. 다만, 뒷감당을 할 수 있는 충분한 근거를 갖고 내질러야지, 무조건 내질렀다간 이름을 얻기도 전에 신뢰를 잃고 만다.

논쟁적 사안에 대한 학생들의 글을 읽을 때마다 반대쪽 입장을 조금만 생각해보고 썼더라면 훨씬 더 설득력 있는 글이 되었을 텐데 하는 아쉬움을 느낄 때가 많다. 이는 상대편을 아예 의식하지 않고 '마이웨이'로만 치달으면서 쓰기 때문에 빚어지는 일이다. 상대편을 바보로 보는 게 아니라면, 이런 반박에 대해선 상대편과 독자는 어떻게 생각할 것이라는 걸 염두에 두면서 글을 써야 하지 않겠는가.

역지사지를 하면 자신의 주장에 대해 나올 수 있는 반론을 미리 상정하면서 한 수 더 내다보는 글을 쓸 수 있다. 처음엔 관전자의 입장을 취하면서 어떤 이슈에 대한 찬성(정)과 반대(반)를 소개한 후에 둘을 소화해 하나로 만드는(합) 이른바 '1인 변증법'도 가능하다.[29] 혼자서 북 치고 장구 치며 정반합正反合을 만들어내는 '나 홀로 변증법'인 셈이다.

이를 위해 한 수 더 내다보는 건 실력이라기보다는 버릇이다. 바둑이 아닌, 적어도 글쓰기에선 그렇다. 자신이 펴는 주장에 대해 조금만 더 생각해보면 어떤 반론이 나올 수 있다는 걸 알 수 있다. 미리 그런 반론까지 상정하고 글을 쓰는 버릇을 갖는 게 좋다.

물론 역지사지가 쉬운 일은 아니다. 내가 오죽하면 "시늉이라도 꼭 역지사지를 하라"고 했겠는가. 시늉이라도 내다 보면 역지사지에 한 걸음 다가설 수 있다는 뜻이다. 역지사지가 어려운 또 하나의 이유는 역지사지가 초래하는 '객관'과 '주관' 사이의 혼란이다. 한 학생은 내게 글을 통해 "저는 치우침 없는 시야를 갖고 싶고, 객관적으로 판단하고 싶은 동시에 제 나름대로의 주관을 갖고 싶습니다. 어떻게 하면 될까요?'라는 질문을 던졌다. 나는 다음과 같은 답을 주었다.

"그건 아는 것과 판단하는 것의 차이일 수 있다고 생각합니다. 당신의 애인이 울고 있습니다. 당신은 애인의 울음에 대해 어떤 판단을 내릴 수 있겠지만, 일단 애인이 왜 우는지 알아야 합니다. 그렇게 알기 위해 애쓰는 게 치우침 없는 시야를 갖고 객관적으로 판단하는 길입니다. 그리고 나서 내리는 판단은 당신의 주관입니다. 그런데 사람에 따라선 애인이 왜 우는지 알아보려고 하지도 않고 즉각 대응하는 사람들이 있습니다. 글쓰기에서도 똑같습니다. 사실 이건 성격이나 기질의 문제일 수도 있지요. 예컨대, 권위주의적 성격의 소유자는 역지사지에 매우 무능합니다. 성격이나 기질은 타고난다고는 하지만 어느 정도의 통제는 가능합니다. 공부를 열심히 하면서 좋은 성격을 갖기 위해 노력하는 게 어떨까요?"

역지사지의 필수 조건은 경청傾聽이다. 일단 남의 말을 들을 줄 알아야 한다. 나는 독선적인가? 자문자답 해보자. 독선이 강하면 듣질 못하기 때문이다. 남의 말을 잘 들어야 역지사지가 되고 좋은 글쓰기도 가능해진다. 논쟁 시 상대편이 쓴 글의 주요 의도

를 놓치고 논점을 일탈해 말꼬리 잡는 식으로 소모적인 반론을
펴서 좋을 일이 무엇이 있겠는가 말이다.

뭐든지
반대로 뒤집어 생각해보라

!

한국은 정답 강박증이 지배하는 정답사회다. 정답 강박증은 모든
문제에 정답이 있다고 믿는 사고방식이다. 『대한민국의 시험』의
저자인 이혜정은 "수용적 학습을 하는 학생이 높은 점수를 받도
록 설계돼 있는 대입 시험부터 빨리 바뀌야 한다"고 주장하면서,
중학교 1학년 딸이 겪은 어이없는 사례를 소개했다. "중학교 첫
영어 시험에 길에서 부딪힌 사람이 'Oh, I am so sorry'라고 했을
때 뭐라고 답하느냐는 문제가 나왔대요. 딸아이는 'It's OK.
Never mind'라고 했는데 오답 처리됐죠. 정답은 'Don't be
sorry. I'm fine'이었고요. 아이는 학교가 요구하는 정답만을 맞
힐 자신이 없다며 힘들어했지요."[30]

미국의 어느 대학 경제학과에서 개설한 '브레인 워싱 클래스

Brain Washing Class'는 지금까지 배운 경제학 지식이 틀렸으니 두뇌를 '세척'하자는 강좌다. 그중 백미는 노벨경제학상 수상자들의 주장이 어떻게 틀렸는지 풀어내는 것이었다. 이 강좌를 소개한 이승철은 "우리가 수학 올림피아드처럼 시간 안에 답을 찾는 것에는 강하면서 정작, 노벨상 수상이나 세계적인 대가가 드문 까닭은 바로 이런 교육적 차이 때문이다"며 "이제는 정답을 맹신하는 사회적 분위기에서 벗어나야 한다"고 주장한다.[31]

혹 글쓰기마저 그런 '정답사회'의 틀에 갇혀 있는 건 아닐까? "글을 잘 쓰려면 정답에 대한 강박관념을 버려라." 서울대학교 글쓰기 교실이 내놓은 조언이다. 서울대학교 신입생들의 글쓰기 능력을 지도해온 임홍배는 "논술에 산수처럼 정답이 있다고 여겨 정형화된 틀에 따라 글을 쓰는 것이 가장 문제"라며 "새 정보에 자신의 지식을 결합, 새로운 주장을 이끌어내고 펼쳐나가는 글쓰기 기본에 대한 이해가 부족하다"고 말했다.[32]

정답사회에 좋은 점이 전혀 없다고 말할 순 없겠지만, 그것이 창의력을 저해하는 장벽이라는 건 분명하다. 정답사회를 홀로 돌파하기 어려운 개인의 처지에선 정답사회에 어느 정도 적응하며 살아갈망정 스스로 창의력을 키우는 훈련을 해보는 것이 필요하다. 창의력은 저절로 나오는 게 아니다. 그것도 일종의 습관의 산물이다. 무엇이건 달리 생각해보고 뒤집어서 생각하다 보면 자기만의 독특한 아이디어를 내놓을 수 있다. 물론 하늘 아래 새로운 건 없긴 하지만, 지금은 그 수준까지 고민할 때는 아니다.

창의력의 표현을 위해 뭔가 진부하지 않은 이야기를 하려고 애를 써보자. 자신의 생각이 진부한 것인지 아닌지 그것도 모를 정도로 나는 고립되어 있는가? 그게 아니라면, 즉 창의력의 수준을 평가할 정도로 사회와 교류하고 있다면, 뻔한 이야기는 가급적 피하자는 것이다. 그렇다고 해서 시종일관 엉뚱한 이야기를 하라는 게 아니라, 글의 일부분이라도 신선한 시각을 좀 보여달라는 것이다.

창의력 개발을 위해 가장 필요한 건 일단 뭐든지 한 번 뒤집어 생각해보는 것이다. 아무리 뒤집어 봐도 이렇다 할 생각이 떠오르지 않는다면 원위치로 돌아가야 하겠지만, 자꾸 뒤집어 생각하다보면 어떤 사안에 대해 남들이 미처 생각하지 못했던 점을 발견하게 될 수도 있다.

예컨대, 모든 사람이 비판해마지 않는 '냄비 근성'에 대해 생각해보자. 숭실대학교 사회학과 교수 배영은 '냄비 근성'은 "쉽게 달아오르고 금방 식어버리는 냄비처럼 특정한 이슈가 생겼을 때 큰일이 날 것처럼 흥분하고 관심을 집중시키다 얼마 지나지 않아 언제 그랬느냐는 듯 쉽게 잊어버리는 태도에 대한 비판"이지만, 조금 다른 생각도 가능하다고 했다. "오히려 우리를 둘러싼 환경과 상황의 급변성에 어울리는 합리적인 조응이 아니었을까? 빠른 시간 내에 이루어진 관심의 집중과 망각은 새로운 정보의 유입과 확산을 위해 불가피했던 것은 아닐까? 잊지 않고 살기에는 너무 엄청난 일들이 많았던 것은 아닌가?"[33]

그렇다. 바로 이런 식으로 뒤집어 생각해보면, 우리는 사회 현상을 단선적으로 평가하는 것이 무모할 수 있다는 걸 깨닫게 될 것이다. 진부한 상투어의 이면에 무엇이 숨어 있지는 않을까 하는 왕성한 지적 호기심을 가져야 한다. 이와 관련, 또 하나의 예를 들어보자.

「욕망이 거세된 일본 젊은이들」. 어느 신문 기사 제목이다. 일본생산성본부가 신입 사원을 대상으로 실시한 설문조사 결과를 보도한 내용이다. 어떤 내용이기에 '욕망이 거세' 운운하는 걸까? 가장 눈에 띄는 내용은 장차 "사장까지 올라가고 싶다"는 응답이 10.3퍼센트에 불과했다는 것, 그리고 "젊어서 고생해야 한다는 데 공감하느냐"는 질문에 대해 "사서 고생할 것까진 없다"는 사람이 34.1퍼센트나 되었다는 것이다.

행여 한국 젊은이들이 이런 풍조에 물들까봐 염려했던지 이

틀 후 이 신문의 문화부장은 「그래도 젊어서 고생은 사서 할 만하다」는 칼럼을 썼다. 이 칼럼은 '출세 대신 작은 행복'은 전형적인 중년 이후의 라이프 스타일인데, 이런 경향이 20~30대에서 나타난 것은 고령화사회의 특징 중 하나가 '정신의 고령화'임을 말해준다고 했다. 이어 자신을 한계까지 밀어붙이며 능력을 시험해보는 소수의 사람이 결국 사회를 한 발짝씩 전진시키는 법인데, 작은 행복을 누리며 재미있게 사는 사람들은 그런 선구자를 뒤따라갈 뿐이라고 했다.

다 좋은 말씀이긴 한데, 반대로 뒤집어 생각해보는 건 어떨까? 지난 반세기 넘게 한국인은 대부분 그런 식으로 열심히 살아오지 않았던가? '출세 대신 작은 행복'이 전형적인 중년 이후의 라이프 스타일이라는 건 한국에선 잘 맞지 않는 이야기다. 살인적인 입시 전쟁의 주체는 사실상 학생이라기보다는 학부모였다는 사실이 그걸 잘 말해준다.

이른바 '소확행'이 한국 사회에서도 유행하는 것은 문화와는 별 관계가 없다. 고성장 시대의 종언이 결정적인 이유다. 일자리는 부족하고, 취직한다 해도 대부분 비정규직이며, 정규직과 비정규직의 차이는 신분제를 방불케 할 정도로 크며, 이런 상황이 바뀔 가능성은 전혀 보이지 않는다. 그래서 나타난 것이 바로 세계 최고 수준의 자살률과 최저 수준의 출산율이다. 소확행은 이런 '헬조선'을 무대로 해서 "그래도 행복은 포기하지 않겠다"는 몸부림의 표현일 뿐 '정신의 고령화'로 인해 나타난 게 아니다.

이런 상황에서 소확행은 시스템 개혁의 씨앗을 품고 있다. 극소수의 승리를 위한 들러리 노릇을 더는 하지 않거나 하더라도 자기 주도하에 하겠다는 것이니, 기존 시스템이 흔들릴 수밖에 없다. 이는 '욕망의 거세'가 아니다. 욕망 없는 인간은 가능하지도 않다. 욕망의 재정의다. 욕망의 다양성을 부정하고 모욕하면서 속물적인 것으로 획일화한 세상에 대한 반란이다.

직장에서 "사장까지 올라가고 싶다"는 욕망은 사주의 온갖 추잡한 갑질에 순응하게 만든다. 그런 욕망을 갖고 있는 사원이 90퍼센트라면, 그 기업의 사주는 무엇이든 자기 마음대로 할 수 있는 왕국을 가진 거나 다름없다. 그러나 그런 사원이 10퍼센트라면 이야기는 달라진다. 다른 사람들과 더불어 정의롭게 살겠다는 사회적 욕망과 출세를 꿈꾸는 개인적 욕망 사이의 균형이 가능해진다. 이게 소확행이 줄 수 있는 뜻밖의 선물이라면 소확행에 대해 무엇을 두려워하랴.

이 주장이 옳다는 게 아니다. 반대로 뒤집어 생각해보는 것도 하나의 정당한 주장이 될 수 있다는 게 중요하다. 이런 발상의 전환을 위해서도 "극과 극은 상통한다"는 걸 알아두는 게 좋겠다. 예컨대, 개방성과 폐쇄성은 상통한다는 걸 알게 된다면, 우리는 사회현상을 분석할 때에 좀더 심층에 접근할 수 있을 것이다.

잦은 이민 청년들의 폭동으로 재평가의 도마 위에 오른 프랑스의 '톨레랑스(관용)'에 대해 생각해보자. 임지현은 한국에서는 많은 사람이 프랑스를 톨레랑스의 나라라고 착각하는데, 실제로 프랑스의 보편적 내셔널리즘이 더 무섭다고 주장한다. 프랑스 국민에 통합되고자 하는 사람들에게는 열려 있지만, 그 안에 들어오지 않는 경우에는 가차 없이 배제하고 차별한다는 것이다.[34]

이는 "열려 있기 때문에 닫혀 있고, 닫혀 있기 때문에 열려 있다"는 역설 같은 속설의 타당성을 말해주는 것으로 볼 수 있다. 사실 이 속설을 가장 잘 보여주는 나라가 바로 일본이다. 일본은 외부에 대해 매우 폐쇄적인 사회지만, 문화면에서는 외부의 문화를 탐욕스러울 정도로 적극 받아들인다. 고자카이 도시아키는 "'닫힌 세계'인 일본이, 너무도 뚜렷한 서양화로 나타나는 '열린 문화'를 가지는 역설은 어떻게 설명하면 좋을까"라는 문제를 제기한 후, 사회가 닫혀 있음으로 해서 그 문화가 열린다는 가설을 제시했다.

"자신의 중심 부분을 지키고 있다는 '감각' 혹은 '착각'을 유지하면서 동시에 자신을 변화시킬 수 있다면, 이문화에 대한 거부 반응은 약해진다. 즉 일본은 외부에 대해 닫혀 있는데도 불구하고 열려 있는 것이 아니라, 사회가 닫혀 있기 때문에 그 문화가 열리는 것이다. 이처럼 일본 문화의 개방성은 사회의 폐쇄성을 전제로 삼는다."[35]

서울외신클럽 회장 손지애는 "뉴스에 있어 한국은 아시아의 강대국이라고 해도 과언은 아니다"며 그 이유 중의 하나로 '한국인의 개방적인 국민성'을 꼽았다. "대개 한국인은 기자, 특히 외신 기자 앞에서는 솔직하게 자신의 얘기를 터놓기를 좋아한다. 일본이나 중국에서는 거의 없는 일이라고 한다. 한국의 지도층 인사일수록 이런 경향이 심하다. 특히 미국이나 유럽의 서양 기자들 앞에서는 더욱 적극적으로 자신의 얘기를 털어놓는다. 때로는 완벽하지 않은 영어 실력으로 답변했다가 의미가 잘못 전달되어 문제가 생기는 경우도 많다. 어쨌든 기자의 입장에서는 한국은 취재의 천국이라고 할 수 있다."[36]

한국인의 국민성이 개방적이라니 뜻밖이지 않은가? 그러나 놀랍게 생각할 일은 아니다. 한국인은 개방성과 더불어 폐쇄성도 갖고 있기 때문이다. 똑같은 사회적 현상일지라도 어느 관점에서 보고 어디에 강조를 두느냐에 따라 여러 가지 분석과 해석이 가

능하다. 글쓰기를 할 때에 이런 자세로 임한다면 탄탄한 균형감
을 유지할 수 있을 것이다.

양자택일의 문제로
단순화하지 마라

....
....!

"신문이 흔히 불편부당을 말하나, 흑백을 흑백으로써 가리어 추
호도 왜곡지 않는 것만이 진정한 불편부당인 것을 확신한다. 엄
정 중립이라는 기회주의적 이념이 적어도 이러한 전 민족적 격동
기에 있어서 존재할 수 없음을 우리는 확인한다. 우리는 용감한
전투적 언론진을 구축하기에 분투함을 선언한다." 37

중간이나 중도를 전혀 허용치 않는 이 주장은 1945년 10월
23일 서울 종로 중앙기독교청년회 대강당에서 열린 전조선 신문
기자 대회에서 채택된 선언문의 일부다. 이 선언문이 시사하듯
이, 우리는 흑백 사고black-and-white thinking에 대해 이중적인 태도를
갖고 있다. 원론 차원에서 "흑백논리는 좋지 않다"는 데엔 동의
하지만, 자기주장을 강하게 내세울 때엔 '전 민족적 격동기'와 같

은 상황의 특수성을 앞세워 흑백논리에 쉽게 빠져든다.

독립 투쟁이나 민주화 투쟁 시엔 흑백논리의 불가피성을 인정할 수 있다. 하지만 독립과 민주화가 오래전에 이루어진 오늘날에도 흑백논리가 성행하는 이유는 무엇일까? 흑백논리는 꼭 처음부터 의도된 건 아닐 수도 있다. 논쟁이 과열되면 사람들은 핵심에 집착해 그걸 강조하기 마련이며, 그 과정에서 본의 아니게 흑백논리 또는 양자택일식 논법을 구사하는 경향이 있다.

그래서 논리학에선 이 세상 모든 일을 흑백 이분법으로 보려는 사고를 가리켜 '흑백 사고의 오류fallacy of black-and-white thinking'라고 부른다. '잘못된 딜레마의 오류fallacy of false dilemma'라고도 한다. 다른 대안들이 있는데도 양자택일의 질문을 강요하는 오류다.[38] 이 오류의 한 형태로 '복합적 질문의 오류fallacy of complex question'라는 게 있다. 이런 질문을 받았다고 가정해보자. "당신은 아내 폭행 버릇을 바로잡았습니까?" 아내를 폭행한 적이 없다면, 뭐라고 답할 것인가? '네'라고 하건 '아니오'라고 하건 아내 폭행을 인정하는 함정이 있는 질문이요 논법이다.[39]

많은 문제가 있지만 흑백논리의 오류가 자주 발생하는 건 흑백논리가 화끈하고 속 시원한 느낌을 주는 매력을 갖고 있기 때문이다. 사실 흑백논리야말로 선동의 필수 요소다. 흑백논리는 듣는 이에게 강한 확신을 심어주어 행동을 촉발할 수 있기 때문이다. 그런 이유 때문에 흑백논리는 영원히 사라지지 않을 것이다.

그러나 논증 글쓰기는 선동의 무대가 아니다. 정밀한 검증이 가능한 무대기 때문에 흑백논리만큼은 피해야 한다. 그렇다고 해서 무조건 회색을 추구해야 한다는 뜻이 아니다. 자신의 어떤 주장을 강하게 내세우더라도 그 내세우는 방식에서 흑과 백이라고 하는 이분법을 구사해선 안 된다는 뜻이다. 물론 만인이 동의할 수 있는 불의不義를 비판할 경우처럼 이분법을 구사해야 할 경우가 전혀 없는 건 아니지만, 복잡한 사회 현실을 다루는 글에서 그렇게 해야 할 경우는 많지 않다.

흑백논리를 쓰는 게 불가피한 경우가 있다면, 적어도 '관리'의 성의를 보이는 게 필요하다. 김효순은 일본과 한국의 정치 상황을 비교하면서 "거친 이분법을 쓰면 한쪽은 정체 과잉이고 다른 한쪽은 변화 과잉이다. 굳이 선택해야 한다면 당신은 어느 쪽에서 살 것인가? 숨 막힐 듯한 고인 물인가, 앞이 보이지 않는 소용돌이인가?"라고 물었다.[40] '거친 이분법을 쓰면'이라는 표현에 관리의 묘미가 있다. 이는 할 말은 다 하면서도 읽는 이의 거부감을 줄여주는 효과를 낸다. '단순하게 말하자면'도 비슷한 효과를 낸다.

현실 세계는 명료한 양자택일이 가능한 곳이라기보다는 오히려 각종 딜레마가 흘러넘치는 곳이다. 특히 '죄수의 딜레마 prisoner's dilemma' 상황이 너무 많다. 2명의 범인이 경찰에 잡혔다고 가정해보자. 이들이 범행을 자백하지 않기로 한 약속을 끝까지 지키면 둘 다 가장 적은 처벌을 받게 되지만, 한쪽이 먼저 자백하면 자백한 쪽은 가벼운 처벌만 받고 풀려나는 반면 한쪽은 무거운 벌을 받게 된다. 이런 상황을 가리키는 '죄수의 딜레마'는 1950년 핵 확산과 군비 경쟁이 심각한 관심사가 되었던 때에 '발견'된 것이지만, 오늘날엔 군사 분야를 넘어 생물학, 심리학, 사회학, 경제학, 법학 등 다양한 분야에 등장하고 있다. 이익의 갈등이 있는 어디에서건 출현하는 것이다.[41]

"정치란 죄수의 딜레마를 극복하는 방법에 대한 연구"라는 말이 있듯이,[42] '죄수의 딜레마'는 사회문제 전반을 다루는 글쓰기에서도 자주 활용할 수 있는 이론이다. 실제로 많은 경우 사회적 이슈들은 '죄수의 딜레마'에 빠져 있다. 그걸 간파하지 못하면 딜레마가 없는 듯 일방적인 주장만 펴기 십상이다. 일방적인 주장을 펼망정 자신이 다루는 주제에 딜레마 요소가 있음을 밝히는 건 글의 설득력을 높여줄 수 있는바, 어느 한쪽만 보지 말고 전후좌우 두루 살펴보자. 고개가 좀 아프겠지만, 그만한 보상이 뒤따른다.

스스로 약점을 공개하고
비교 우위를 역설하라

일반적인 설득 커뮤니케이션에서 상대방의 저항을 인정하는 표현이 포함된 설득 메시지가 그렇지 않은 설득 메시지보다 훨씬 우호적인 반응을 이끌어낸다는 건 널리 알려진 사실이다. 이현우에 따르면, "네가 싫어하는 건 아는데"처럼 상대방의 저항을 인정하거나, "네가 걱정하는 건 아는데"처럼 상대방의 감정을 인정하고, "네가 나와 다르게 생각하는 건 아는데"처럼 상대방의 의견을 인정하는 다양한 표현을 구사하라는 것이다. 인터넷에서 "귀찮으시겠지만" 읽어달라는 요청이 바로 그런 원리에 따른 것이다.[43]

어떤 글에 대해서건 독자는 처음엔 "어디 한번 나를 설득해 봐!"라는 뻣뻣한 자세로 저항하기 마련이다. 물론 자신이 좋아하는 필자의 글을 읽을 땐 다른 자세를 취하겠지만, 처음 보는 필자의 글에 대해선 감별사의 시선을 던지기 마련이다. 독자의 그런 저항을 원천적으로 없앨 수는 없지만, 그걸 인정하는 것만으로도 반감시킬 수 있다. 독자들의 이런 심리를 이용하는 게 바로 '약점 공개법'이다.

약점 공개법은 글쓰기와 같은 커뮤니케이션 행위에서 스스로 약점을 공개하면서 그걸 보완할 메시지를 제시하거나 비교 우위를 역설하는 방식을 말한다. '일면적 메시지'보다는 '양면적 메시지'가 낫다는 뜻이기도 하다. 일면적 메시지one-sided message란 특정 입장에 우호적인 주장만 제시하는 메시지, 양면적 메시지 two-sided message란 자신의 입장에 우호적인 주장뿐 아니라 반대하는 입장도 언급하는 메시지를 말한다.

이를 잘 보여주는 게 대부업체 러쉬앤캐쉬의 광고다. 이 광고는 두 사람의 대화로 진행되는데 이런 내용이다. "거기 이자 비싸지 않니?"(여성) "버스랑 지하철만 탈 수 있나? 바쁠 땐 택시도 타는 거지."(남성) "조금 비싼 대신에 편하고 안심되는 거?"(여성) "좋은 서비스란 그런 거 아닐까?"(남성)[44]

이 광고는 개인적으로 영 마땅치 않지만, 약점 공개법의 사례로는 잘 어울린다. 이 광고가 시사하듯이, 꼭 명심해야 할 것은 자기주장에 대해 소극적이거나 과공비례過恭非禮의 수준에 이를 정도로 변명하는 것은 약점 공개가 아니라는 점이다. 어떤 학생은 자신의 주장을 펴면서 "미천한 사건으로 보아"라고 했는데, 이건 전혀 불필요한 말이다.

약점 공개는 주도권을 내가 갖는 것으로 오히려 적극적이고 공세적인 설득 전략이다. 잘 생각해보라. 우리는 어떤 사람이 어떤 주장을 펼 때에 이미 속으로 판단하고 있다. "저 주장은 이러저러한 문제점이 있는데, 저 사람은 그걸 모르거나 모른 척하는군!" 그렇게 생각하는 순간 그 주장에 대해 신뢰가 갈 리 없고 설득당할 리 만무하다. 그런데 그 사람이 스스로 자기주장의 문제점이나 약점을 공개한다면? 그러면서 그 약점을 상쇄하고도 남을 비교 우위가 있다고 말한다면? 듣는 사람으로선 그 사람이 현실에 기반을 둔 판단을 하고 있다는 느낌을 받으면서 조금 더 신뢰하게 되지 않을까?

당신이 어떤 사회적 이슈에 대해 주장을 할 때에, 그 주장에 약점이 없을 리 없다. 당신은 그 약점을 감추고 강점만을 역설하고 싶은 유혹에 빠져들기 쉽다. 아니면 강점에만 몰두한 나머지 어떤 약점이 있는지 모를 수도 있다. 이건 스스로 함정을 파는 거나 다름없다.

당신의 주장이 아무리 정당하다 한들, 그건 '6대 4'나 '7대 3'의 수준에서 정당할 뿐 '9대 1'이나 '10대 0'은 아니다. 당신의 주장과는 반대되는 주장에도 3이나 4의 정당성이 있다는 걸 인정해야 한다. 흑백논리나 양자택일의 문세로 단순화하는 것의 문제도 바로 여기에 있다. 흑백 사고의 세계에선 스스로 약점을 공개하고 비교 우위를 역설하는 건 어리석게 여겨지겠지만, 세상은 결코 흑백의 세계가 아니다. 퍼지fuzzy라고 하는 회색의 세계다.

사람을 '흑' 아니면 '백'이라는 이분법적 범주에 집어넣으려고 시도하면, 각자가 지닌 '회색' 측면을 드러낼 수 없다. 퍼지의 세계에선 '내향적인 사람'이나 '외향적인 사람'은 없으며, '0.6 내향적'이거나 '0.6 외향적'이다. 두세 명 중 한 명은 내향적인 성격을 갖고 있음에도 내향성을 '루저'의 자질로 간주하는 사회에선 내향성을 가진 사람이 외향적인 것처럼 살아가야 하는 비극이 발생한다.[45] 퍼지식 사고fuzzy thinking는 바로 이런 이분법에 반대하는 것이다.

퍼지식 사고의 모태가 된 퍼지 논리fuzzy logic는 원래 컴퓨터 공학에서 나온 개념이지만,[46] 이걸 글쓰기를 비롯한 소통에 적용하면 화이부동和而不同의 이론적 기반이 될 수 있다. 화이부동은 서로 조화를 이루나 같아지지는 않는다는 뜻인바, 상대편의 주장을 존중하면서도 자기주장의 비교 우위를 역설한다는 점에서 생산적인 논쟁을 가능케 한다는 장점이 있다.

논증적 글쓰기는 자주 전부 아니면 전무라는 승자독식형 전투 행위로 여겨지는 경향이 있다. 그렇게 하지 말자. 스스로 약점을 공개하고 비교 우위를 역설하라는 건 화이부동이라는 대의의 실현에도 기여하지만, 글의 설득력을 높이는 데에도 큰 도움이 되기 때문이다. 물론 흑백 어느 한쪽에 치우친 사람들에겐 화끈하고 속이 후련해지는 느낌을 주지 못해 인기가 없겠지만, 그런 사람들만을 대상으로 글을 쓰는 건 아니잖은가. 훨씬 더 폭넓은 지지와 공감을 얻을 수 있는 글쓰기를 하는 게 낫지 않겠는가.

"내가 얼마나 고생했는데"라는
생각을 버려라

어떤 글쓰기 책에서건 꼭 빠지지 않고 등장하거니와 강조되는 건 글을 쓰고 나서 다듬고 고치는 퇴고推敲다. 유명 작가들이 퇴고에 얼마나 많은 공을 들이는가 하는 전설적인 이야기들이 곁들여진다. 글을 쓸 때의 기분 상태와 거리 두기를 위해 글을 쓰고 나서 며칠 묵힌 후에 퇴고를 하라거나 쓸데없는 걸 골라내 과감하게 잘라내고 버리라는 조언이 빠지지 않는다. 2006년 노벨문학상 수상자인 터키 소설가 오르한 파무크Orhan Pamuk, 1952-는 퇴고를 하면서 초고의 절반은 버린다는데, "겨우 절반?"이라고 반문할 사람도 적지 않으리라.

초심자들에겐 죽이 되든 밥이 되든 일단 쓰고 나서 퇴고를 하라는 조언도 자주 등장한다. 문장 하나하나의 완성도를 따지면서 글을 쓰다간 도무지 진도가 나가지 않는다는 이유에서다. 반면 이남훈은 "퇴고에 지나치게 의지하게 되면 초고의 중요성을 망각하고 일단 떠오르는 대로 써놓고 보자는 태도를 습관화할 수 있다"며 "'일단 생각나는 대로 쓰고 나중에 고치면 된다'는 독려는 그래서 위험할 수 있다"고 주장한다. "퇴고를 하면 할수록 글은 더 좋아진다"는 말이 틀린 말은 아니지만, 그것보다는 "초고를 어떻게 쓸지 생각하면 할수록 글은 더 좋아진다"는 말을 명심해야 한다는 것이다.[47]

두 조언이 꼭 상충되는 것 같진 않다. 초심자의 수준도 여러 가지기 때문이다. 초심자 중에서도 낮은 단계와 높은 단계를 구분해 말하자면, 전자에는 "일단 쓰고 보라"는 조언이 맞는 것 같고, 후자에는 이남훈의 조언도 유념할 필요가 있으리라.

글쓰기 책들엔 퇴고를 많이 한 유명인들의 사례가 자주 나오지만, 거의 대부분 소설가의 이야기다. 새로운 이론이나 개념을 내놓는 사상가들에겐 퇴고를 많이 한다고 꼭 좋은 건 아니라는 주장도 있다. 예컨대, 명쾌한 글쓰기를 거부했던 마셜 매클루언 Marshall McLuhan, 1911~1980은 비서나 부인에게 구술하는 형식으로 책을 썼으며 일단 쓴 것을 다시 고쳐 쓰기를 한사코 거부했다. 다시 쓰거나 덧붙이면 걷잡을 수 없이 엉망이 된다는 이유 때문이었다.

그는 "대부분의 명료한 글은 탐구가 없다는 징후"이며 "명료한 산문은 사상의 결여를 의미한다"는 주장을 늘어놓기까지 했다.[48]

프랑스 사회학자 피에르 부르디외Pierre Bourdieu, 1930 2002는 "나는 사람들이 내 글을 잘못 이해하지 않을까 두려워한다. 사람들이 내게 자주 하는 비판은 내 문장들이 매우 복잡하다는 것이다. 그러나 내 문장이 복잡한 것은 혹시라도 있을지 모르는 그릇된 독서를 앞서서 저지하고자 하기 때문이다"라고 주장한다.[49]

간단명료한 글쓰기의 과정에서 훼손되는 게 있다는 이야긴데, 사상가가 아닌 보통 사람에겐 별로 해당되지 않는 문제다. 용기를 내서 쓰는 도발적 글쓰기에선 퇴고를 많이 하면 자기검열을 하게 되면서 글이 평범해지고 평균에 근접하게 된다는 문제가 있긴 하지만 말이다. 하지만 이건 예외적인 문제일 테고, 일반적으로 퇴고에서 가장 문제가 되는 건 앞서 "'질'보다는 '양'이 훨씬 더 중요하다"는 글에서 지적한 '매몰비용 효과'다.

매몰비용 효과는 인간관계, 특히 남녀관계에서도 발생한다. 흔히 하는 말로 '정情 때문에'라는 게 바로 그 효과다. 헤어지는 게 두 사람 모두에게 훨씬 좋을 것 같은데도 헤어지지 못하고 계속 관계를 유지하는 연인이 적지 않은데, 이들에게 그 이유를 물으면 대부분 그간 두 사람이 같이 보낸 세월, 자신이 투자한 시간과 정열, 희로애락喜怒哀樂에 대한 추억 등과 같은 '본전 타령'을 하는 경우가 많다.

오랜 세월 자신의 고귀한 감정을 투자한 이성과 결별할 때, 그 감정 투자에 대한 보상 욕구로 화병을 앓는 사람이 있는가 하면 심지어 일방적인 이별 통보에 격분한 나머지 보복 범죄를 저지르는 사람들도 있다. 그런가 하면 그 오랜 세월 자신의 감정을 한껏 고양시켜준 것에 대해 배신을 저지르고 떠나는 연인에게 감사하는 사람도 있다. 감사까지 할 일이야 아니지만, 화병을 앓거나 보복을 할 일은 더더욱 아니다. 그렇다고 과거의 감정에 매달리는 것도 아름다운 일은 아니다. 떠나보낼 땐 보내주어야 한다. "안녕, 내 사랑!" 하면서 말이다.[50]

글쓰기에서 퇴고 시 가장 필요한 자세가 바로 "안녕, 내 사랑!"이다. "이걸 쓰기 위해 얼마나 고생했는데"라는 생각을 버리고 쳐낼 건 과감하게 쳐내라는 것이다. 퇴고 시 맞춤법이나 비문을 바로잡는 것은 기본적인 것이고, 퇴고의 핵심은 '압축'에 있기 때문이다.

압축을 위해선 '잔인한 킬러'가 되어야 한다고 주장하는 사람이 많다. 할리우드의 영화제작자들은 촬영해놓은 것을 두고 선별과 편집을 할 때에 "자식을 죽인다killing your baby"는 표현까지 쓴다는데, 글쓰기의 퇴고 역시 다를 게 없다. 영국 소설가 길버트 키스 체스터턴Gilbert Keith Chesterton, 1874~1936은 이런 독한 말까지 했다. "당신의 연인을 죽여라."

그런데 내게 이런 말을 할 자격이 있는가? 아무리 생각해도 없는 것 같다. 나는 그간 '잔인한 킬러'이긴커녕 오히려 정반대로 해왔기 때문이다. 앞서 '머리말'과 「인용은 강준만처럼 많이 하지 마라」는 글에서 밝힌 것처럼, 관련 지식과 정보를 하나라도 더 집어넣으려고 안달을 해왔다고 해도 과언이 아니다. 그러나 나는 이젠 달라지겠다고 했다. 그래서 이 책도 이미 써놓은 100여 개 항목의 글 가운데 30개만 골랐으며, 30개의 글에 대해서도 '잔인한 킬러' 흉내를 내면서 줄이고 또 줄였다. 그런 개과천선改過遷善을 근거로 나의 자격을 인정해주면 안 되겠느냐고 묻는다면, 너무 뻔뻔한가?

생각하기에 따라선, 오히려 그런 경험이 있기 때문에 더 말할 자격이 있는 게 아닐까? 그런 의미에서 내 경험을 근거로 매몰비용 효과를 넘어설 수 있는 방법을 하나 말씀드리겠다. "모든 초고는 쓰레기다"는 헤밍웨이의 말은 믿지 않는 게 좋다. "작가들이 말하는 '글쓰기 고통'에 속지 마라"는 말과 같은 맥락에서다. 작가들은 자기 PR 차원에서 자신이 쓴 소설을 위해 얼마나 많은 고

생을 했는가 하는 걸 과장되게 말하는 경향이 농후한 사람들이다. 그 말을 곧이곧대로 믿었다간 큰일 난다.

초고는 쓰레기가 아니다. 문학적 글쓰기가 아닌 논증적 글쓰기에선 더욱 그렇다. 초고에서 잘라내고 덜어내는 글이 쓰레기통에 들어간다고 생각하지 말고 창고에 들어간다고 생각하시라. 아니 생각만 그렇게 할 게 아니라 실제로 창고를 만들기 바란다. 나는 '잔인한 킬러'와는 거리가 멀었지만, 그간 잘라낸 글들을 주제별로 분류해 저장해놓는 파일을 만들어 관리해왔다. 나중에 다시 써먹을 때가 있다고 보기 때문이지만, 설사 써먹지 못하더라도 그건 전혀 중요치 않다. 나중에 다시 사용할 글이라는 가능성을 열어두면 '잔인한 킬러'의 경지에 쉽게 도달할 수 있기 때문이다.

글쓰기가
민주주의를 완성한다

......................................!

"전주 시민 모두가 펜을 쥐고 글을 쓰는 '문학도시 전주'를 만들기 위해 '제1회 전주시민문학제 작품 공모전'을 한다. 분야는 운문과 산문, 그림일기(초1~3학년 대상) 등 3개며, 주제는 전주 천년의 역사와 문화 또는 전주팔경과 전주 신新팔경, 아름다운 전통문화 도시 전주 한옥마을 등 전주에 관한 이야기여야 한다. 3개 부문에 걸쳐 시상금이 1,000만 원에 달한다."

최근 『전북일보』에 실린 짤막한 기사다. 내가 사는 전주시 홍보를 위해 소개한 게 아니니 오해 없길 바란다. 평소 같으면 그냥 지나쳤을 이 작은 홍보 기사에 내가 주목한 건 최근 일어난 '통학차량 질식사' 사건 때문이다. 이 비극적인 사건에 충격을 받은 많은 사람이 '슬리핑 차일드 체크Sleeping Child Check' 제도 도입을 요구하고 나섰다. 이 제도는 통학 차량 맨 뒷자리에 버튼을 설치해 운전자가 시동을 끄기 전 반드시 버튼을 누르도록 하는 것이다.

'슬리핑 차일드 체크'는 일종의 '넛지Nudge'다. 넛지는 '타인의 선택을 유도하는 부드러운 개입'이다. 현금인출기가 처음 나왔을 땐 현금을 인출한 후에 카드를 그대로 꽂아두고 가는 사람이 많았다. 그래서 카드를 먼저 뽑아야만 현금을 인출할 수 있게 하는 방식으로 바뀌었는데, 이게 바로 넛지다.

우리는 일상적 삶에서 "조심해라, 주의해라, 신경 써라"라는 말을 수없이 듣고 살면서도 그걸 자주 어기는 이상한 동물이다. 그래서 어떤 학자는 '인지적 구두쇠cognitive miser'라는 말을 만들어 냈다. 우리 인간은 인지적으로 많은 자원을 소비하면서 어떤 생각을 깊게 하는 것 자체를 싫어하는 성향이 있다는 뜻이다. 고정관념이나 편견이야말로 인지적 구두쇠 행위의 대표적인 예다.[51]

넛지의 적용은 우리 생활 주변에서 많이 볼 수 있지만, 묘하게도 정치 분야만큼은 넛지를 한사코 거부한다. 시민의 참여가 민주주의의 성패를 결정한다는 말은 지겨울 정도로 떠들어대면서도 시민의 참여를 유도하는 개입을 하기는커녕 오히려 참여를 방해하는 개입을 하고 있다고 해도 과언이 아니다. 그러다 보니 전체 인구의 1퍼센트도 되지 않는 정열적인 참여자들이 시민 참여를 대표하는 참여의 왜곡 현상이 일어난다.

지방자치는 문제가 더욱 심각하다. 모든 미디어가 뉴스 가치와 흥미성을 앞세워 중앙 정치엔 과잉 관심을 보이는 반면, 지역 정치는 무시한다. 지역 정치와 행정을 다루는 작은 미디어들이 있지만, 이들은 그런 시장논리에 밀려 고사 상태에 놓여 있다. 지난 6·13 지방선거 시 "지방선거에 지방이 없다"거나 "공약 읽은 유권자 1퍼센트, 무관심에 지방선거가 죽어가고 있다"는 개탄이 터져나왔지만, 이는 지방자치 실시 이래로 매번 반복되는 현상이다.

이제 우리는 추상적으로만 시민 참여를 예찬하는 하나마나한 말을 그만하고, 다양한 대중 참여를 위한 넛지 방안을 고민할 때가 되었다. 나는 그런 방안 중의 하나로 '글쓰기'를 제안하고 싶다. 앞서 「글쓰기를 소확행 취미로 삼아라」는 글에서 지적했듯이, 때마침 전국에 걸쳐 시민들 사이에서 다양한 유형의 '글쓰기 모임'이 늘어나는 추세를 보이고 있다. 크게 환영할 만한 현상이다.

영국에서 산업혁명 초기에 지배계급은 노동자들에게 '읽기'만 가르치고 '쓰기'는 가르치지 않기로 결정했는데, 그 이유는 간단했다. 노동자는 지시 사항을 이해하면 되지, 자신의 생각을 밝히거나 발전시키는 건 위험하다는 것이다. 바로 그런 이유 때문에 프랑스 같은 유럽 국가의 문해율은 1800년대까지 50퍼센트를 넘지 못했다. 긴 인류 역사를 생각하면 정말 코앞의 1960년까지도 전 세계 인구의 절반이 읽고 쓰기를 하지 못했다. 이런 역사를 감안한다면, "페미니즘이 민주주의를 완성한다Feminism Perfects Democracy"는 구호에 빗대 "글쓰기가 민주주의를 완성한다Writing Perfects Democracy"고 말할 수 있지 않겠는가.

전주시는 '전주시민문학제 작품 공모전'을 하고 있지만, 가칭 '전주시민 옴부즈맨 작품 공모전'을 한다고 가정해보자. 시민들은 글을 쓰기 위해서라도 전주시의 행정에 관심을 갖게 되어 있다. 글쓰기가 곧 참여가 되는 것이다. 지방자치단체들이 그런 관심을 부담스러워할 수도 있지만, 꼭 그들이 주최자가 되어야 하는 건 아니다.

기업들이 사회 공헌 활동의 일환으로 나설 수도 있고, 각급 학교들이 교육 활동으로 추진할 수도 있다. 다 죽어가는 지역 언론이 콘텐츠 확보 수단으로 활용할 수도 있고, 소규모 글쓰기 모임들이 스스로 지역 사랑 실천의 차원에서 해볼 수도 있다. 정치에 대한 사랑이 너무도 뜨거워 악플 달기에 열정을 보이는 분들도 작은 글쓰기 모임을 만들어 이런 '글쓰기 넛지'에 관심을 보인다면 더 바랄 게 없겠다.

나는 이 책의 결론 삼아 "글쓰기가 민주주의를 완성한다"를 강조하고 싶다. 글쓰기의 동기 부여를 위해서다. 우리 인간은 참 묘한 동물이다. 얼른 보기엔 평소 '명분'이나 '대의' 따위는 무시하면서 살아가는 듯 보이지만, 의외로 그걸 매우 소중히 한다. 나는 글쓰기를 소확행 취미로 삼으라고 했다. 소확행은 그 자체로 의미 있는 삶이지만, 거기에 명분까지 더해진다면 더욱 당당하고 적극적인 자세로 글쓰기에 임할 수 있다.

인류학자 클로드 레비스트로스Claude Levi-Strauss, 1908~2009는 "글의 출현이 가져다준 직접적인 결과들 가운데 하나는 수많은 사람들의 노예화였다"고 주장했다. 이 주장은 글쓰기가 특권층의 전유물이었던 역사적 맥락에서 나온 것인데, 글쓰기가 대중화된다면 이야기는 달라진다. "글쓰기의 대중화가 가져다준 직접적인 결과들 가운데 하나는 평등사상의 실현이었다"는 진술도 가능해진다는 것이다.

그 지긋지긋한 '악플'의 홍수 사태야말로 글쓰기의 대중화가 초래한 재앙이 아니냐고 반문할 수도 있겠지만, 악플러의 수가 얼마나 된다고 보시는가? 그건 글쓰기의 대중화가 아니라 오히려 글쓰기의 '극소수 독점화'가 변형된 형태로 나타난 결과일 뿐이다. 악플보다는 성실하고 건설적인 논증을 사랑하는 사람들의 참여가 늘어난다면 악플은 사라지진 않을망정 쇠퇴의 길을 걷게 되어 있다.

"개인적인 것이 정치적인 것이다The personal is political"는 페미니즘뿐만 아니라 글쓰기의 슬로건이다. 글쓰기를 생활 취미로 삼는 소확행은 사회에 등을 돌리는 라이프 스타일이 아니라 민주주의를 완성하기 위한 평온한 방식의 민주화 투쟁이다. 생활 취미의 수준을 넘어서 치유로서 글쓰기를 시도하는 사람도 많다. 비록 이 책에선 다루지 않았지만, 글쓰기가 고독·고통·분노의 치료제라는 건 이미 수많은 검증을 거친 분명한 사실이다. 국민 건강의 공공성을 감안컨대, 치유로서 글쓰기도 공익적 투쟁이다.

나는 많은 사람이 이 부드러운 투쟁에 동참하길 바란다. 사이버 세계는 악플이라는 저주를 낳기도 했지만, 그 누구건 자기 글을 자유롭게 발표할 수 있는 마당을 제공해준 축복이기도 하다. 우리는 저주에 대해 개탄만 할 뿐 축복을 누리는 데엔 무관심하거나 게을렀다. 이제 그러지 말자. 글쓰기는 당신의 삶의 경쟁력을 높여주는 동시에 민주주의를 완성하는 공익적 행위임을 잊지 말자. '글쓰기의 고통'에 속지 않으면서 오히려 글쓰기로 고통을 해소하려는 시도를 왕성하게 해보자.

주

★

머리말

1   김신철, 「글쓰기가 뭐라고」, 『전북일보』, 2017년 12월 25일.

제1장 마음에 대하여

1   강준만, 「왜 시험만 다가오면 머리가 아프거나 배가 아픈 수험생이 많은가?: 자기 열등화 전략」, 『우리는 왜 이렇게 사는 걸까?: 세상을 꿰뚫는 50가지 이론 2』(인물과사상사, 2014), 122~127쪽 참고.

2   김정운, 『에디톨로지: 창조는 편집이다』(21세기북스, 2014), 21~22쪽.

3   내털리 커내버(Natalie Canavor)·클레어 메이로위츠(Claire Meirowitz), 박정준 옮김, 『비즈니스 글쓰기의 모든 것: 이메일, 기획서, 소셜미디어까지 문서작성의 49가지 법칙』(다른, 2010/2013), 26쪽.

4   이는 강원국이 참석한 술자리 논쟁에서 나온 구어체 반대파의 주장인데, 강원국은 "이 무슨 망언이란 말인가"라며 꾸짖는다. 강원국, 『강원국의 글쓰기: 남과 다른 글은 어떻게 쓰는가』(메디치, 2018), 146~147쪽.

5   강준만, 「왜 우리는 대화를 하면 상황이 나아질 거라고 착각하는가?: 메라비언의 법칙」, 『독선 사회: 세상을 꿰뚫는 50가지 이론 4』(인물과사상사, 2015), 37~41쪽 참고.

6   강준만, 「왜 슬픈 척하면 정말로 슬퍼지는가?: 가정 원칙」, 『우리는 왜 이렇게 사는 걸까?: 세상을 꿰뚫는 50가지 이론 2』(인물과사상사, 2014), 137~142쪽 참고.

7   이상우, 「미국인이 즐겨찾는 SNS '유튜브' …여성은 핀터레스트 선호」, 『더 기어』, 2018년 3월 14일.

8   이신영, 「이미지로 말하기, SNS의 새 장르 열다」, 『조선일보』, 2014년 7월 5일.

9   강준만, 「왜 전문가들은 자주 어이없는 실수를 저지를까?: 지식의 저주」, 『생각의 문법: 세상을 꿰뚫는 50가지 이론 3』(인물과사상사, 2015), 135~139쪽 참고.

10   앨빈 토플러(Alvin Toffler), 이규행 감역, 『예견과 전제』(한국경제신문사, 1983/1989), 184쪽.

11   남경태, 「편집-번역-집필의 트리클다운」, 강홍구 외, 『그 삶이 내게 왔다: 나만의 길을 찾은 17인의 청춘 에세이』(인물과사상사, 2009), 108쪽.

12   윌리엄 브레이트(William Breit)·배리 허쉬(Barry T. Hirsch) 편, 김민주 옮김, 『경제학의 제국을 건설한 사람들: 노벨 경제학 강의』(미래의창, 2004), 405~406쪽.

13   프레데릭 파제스(Frederic Pages), 최경란 옮김, 「유쾌한 철학자들: 도서관에서 뛰쳐나온 거장들 이야기』(열대림, 1993/2005), 48쪽.

14   남정욱, 「[Why] [남정욱 교수의 명랑笑說] '글쓰기 달인' 셰익스피어·茶山을 한 번 봐…글쓰기의 최상은 잘~ 베끼는 것이야」, 『조선일보』, 2013년 6월 1일.

15   데이비드 버커스(David Burkus), 박수철 옮김, 『창조성, 신화를 다시 쓰다: 창조성을 둘러싼 10가지 비밀』(시그마북스, 2014/2014), 63쪽.

16   애덤 그랜트(Adam Grant), 홍지수 옮김, 『오리지널스: 어떻게 순응하지 않는 사람들이 세상을 움직이는가』(한국경제신문, 2016/2016), 22~23쪽.

17   이남훈, 『필력: 나의 가치를 드러내는 글쓰기의 힘』(지음, 2017), 66~76쪽.

18   김영하, 『말하다: 김영하에게 듣는 삶, 문학, 글쓰기』(문학동네, 2015), 198~199쪽.

19   권재현, 「[책과 삶] 글쓰기 비법? 많이 읽고 쓰고 생각하라」, 『경향신문』, 2015년 4월 25일; 이지영, 「'왜'와 '어떻게'만 붙이면 글이 된다…SNS 시대 글 솜씨로 스타 되는 법」, 『중앙일보』, 2017년 2월 18일.

20   강준만, 「왜 헤어져야 할 커플이 계속 관계를 유지하는가?: 매몰비용」, 『감정 독재: 세상을 꿰뚫는 50가지 이론 1』(인물과사상사, 2013), 95~100쪽 참고.

21   마크 바우어라인(Mark Bauerlein), 김선아 옮김, 『가장 멍청한 세대: 디지털은 어떻게 미래를 위태롭게 만드는가』(인물과사상사, 2008/2014), 77쪽.

22   이남훈, 『필력: 나의 가치를 드러내는 글쓰기의 힘』(지음, 2017), 51~54쪽.

23   Albert Bandura, 박영신·김의철 옮김, 『자기효능감과 삶의 질: 교육·건강·운동·조직에서의 성취』(교육과학사, 1997/2001), 102~103쪽. 강준만, 「왜 어떤 네티즌들은 악플에 모든 것을 거는가?: 자기효능감」, 『생각과 착각: 세상을 꿰뚫는 50가지 이론 5』(인물과사상사, 2016), 135~140쪽 참고.

24   스티븐 기즈(Stephen Guise), 구세희 옮김, 『습관의 재발견: 기적 같은 변화를 불러오는 작은 습관의 힘』(비즈니스북스, 2013/2014), 33~43쪽.

25   명로진, 『베껴쓰기로 연습하는 글쓰기 책』(리마커블, 2017), 113쪽.

26   박현진, 「홍명보 "태극 후배들이여, 건방져라"」, 『스포츠서울』, 2005년 12월 20일, 9면.

27   대니얼 액스트(Daniel Akst), 구계원 옮김, 『자기절제사회: 유혹과잉시대, 어떻게 욕망에 대항할 것인가』(민음사, 2011/2013), 304~307쪽.

28   대니얼 액스트(Daniel Akst), 구계원 옮김, 『자기절제사회: 유혹과잉시대, 어떻게 욕망에 대항할 것인가』(민음사, 2011/2013), 304~307쪽; 이외수, 하창수 엮음, 『마음에서 마음으로: 생각하지 말고 느끼기, 알려 하지 말고 깨닫기』(김영사, 2013), 29~30쪽; 어수웅, 「존 그리샴이 공개한

'글쓰기 비법 」, 『조선일보』, 2017년 6월 10일.

29 박송이, 「[왜 지금 글쓰기인가] 감정 들여다보고 생활 돌아보고…글로 '지금의 나'를 즐기다」, 『경향신문』, 2018년 2월 10일.

30 김신철, 「글쓰기가 뭐라고」, 『전북일보』, 2017년 12월 25일.

31 이철호, 「박근혜는 신비주의 내려놓아야」, 『중앙일보』, 2014년 11월 17일.

32 제프 콜빈(Geoff Colvin), 김정희 옮김, 『재능은 어떻게 단련되는가?』(부키, 2008/2010), 241쪽.

33 김용석, 「글쓰기 방식과 문화적 변동」, 『월간 에머지 새천년』, 2001년 6월, 27~28쪽.

34 손관승, 「'글로생활자'로 사는 7가지 법칙」, 『언론중재』, 제147호(2018년 여름), 49쪽.

35 김경수, 「적자생존 시대, 적는 자가 살아남는다」, 『오마이뉴스』, 2018년 7월 2일.

36 강준만, 「왜 남녀의 첫 만남에서 다음 약속을 잡지 않는 게 좋은가?: 자이가르닉 효과」, 『감정 동물: 세상을 꿰뚫는 이론 6』(인물과사상사, 2017), 34~41쪽.

37 강원국, 「자이가르닉 효과를 활용한 글쓰기」, 2016년 6월 10일; http://blog.naver.com/kugk0820/220730323686; 강원국, 『강원국의 글쓰기: 남과 다른 글은 어떻게 쓰는가』(메디치, 2018), 232~233쪽.

38 최광범, 「비약·편향·근거 부족, 좋은 점수 어려워: 논술 출제 교수들이 본 신문 사설」, 『신문과 방송』, 2004년 11월, 32~35쪽.

39 하희정·이재성, 『독서 논술의 핵심 코드 101』(위즈북스, 2005), 17쪽.

40 로버트 서튼(Robert I. Sutton), 오성호 옮김, 『역발상의 법칙』(황금가지, 2002/2003), 217~218쪽.

41 송민섭, 「미(美) 4년제 대학생 절반 신문 사설 내용 이해 못해」, 『세계일보』, 2006년 1월 21일, 10면.

42 신호철, 「허, 내가 제일 많이 썼다고」, 『시사저널』, 2005년 8월 23일, 38면.

제2장 태도에 대하여

1 하희정·이재성, 『독서 논술의 핵심 코드 101』(위즈북스, 2005), 78쪽.

2 하희정·이재성, 『독서 논술의 핵심 코드 101』(위즈북스, 2005), 78쪽에서 재인용.

3 유석재, 「맛있는 논술: 채점해보니…솔직 TALK!」, 『조선일보』, 2005년 12월 19일, E7면.

4 탁석산, 『탁석산의 글짓는 도서관 1: 글쓰기에도 매뉴얼이 있다』(김영사, 2005), 132쪽.

5 이남훈, 『필력: 나의 가치를 드러내는 글쓰기의 힘』(지음, 2017), 83~88쪽.

6 김종철, 『글쓰기가 삶을 바꾼다』(21세기북스, 2011), 118~119쪽.

7 박정하, 「답안 구상에 전체 시간의 3분의 1 이상을 배정해야 한다」, 『한권으로 끝내는 논술만점 가이드』(월간조선 2005년 9월호 별책부록), 30쪽.

8 아르투르 쇼펜하우어(Arthur Schopenhauer), 김욱 옮김, 『쇼펜하우어 문장론』(지훈, 1851/2005), 120~121쪽.

9 김욱동, 『포스트모더니즘의 이론: 문학/예술/문화』(민음사, 1992), 154쪽.

10 브랜던 로열(Brandon Royal), 구미화 옮김, 『탄탄한 문장력: 보기 좋고 읽기 쉬운 정교한 글쓰기의 법칙 20』(카시오페아, 2014/2015), 29쪽.

11 이남훈, 『필력: 나의 가치를 드러내는 글쓰기의 힘』(지음, 2017), 33~39쪽.

12 강원국, 『강원국의 글쓰기: 남과 다른 글은 어떻게 쓰는가』(메디치, 2018), 163쪽.

13 존 트림블(John R. Trimble), 이창희 옮김, 『살아있는 글쓰기: 짧게 쉽게 재미있게 전략적 글쓰기』(이다미디어, 2000/2011), 50~51, 159쪽.

14 윌리엄 진서(William Zinsser), 서대경 옮김, 『공부가 되는 글쓰기: 쓰기는 배움의 도구다』(유유, 1993/2017), 155~156쪽.

15 임정섭, 『글쓰기 훈련소: 내 문장이 그렇게 유치한가요?』(다산초당, 2017), 48쪽.

16 정상혁, 「긴 글은 싫어, 세 줄이면 충분해」, 『조선일보』, 2018년 5월 24일.

17 김경필, 「서울대 신입생 39% 글쓰기 능력 부족」, 『조선일보』, 2017년 4월 8일.

18 남정욱, 「[Why] [남정욱 교수의 명랑笑說] '글쓰기 달인' 셰익스피어 · 茶山을 한번 봐…글쓰기의 최상은 잘~ 베끼는 것이야」, 『조선일보』, 2013년 6월 1일.

19 이정재, 「이게 다 신자유주의 때문이라고?」, 『중앙일보』, 2018년 7월 26일.

20 강준만, 「왜 혁신은 대도시에서 일어나는가?: 네트워크 효과」, 『생각의 문법: 세상을 꿰뚫는 50가지 이론 3』(인물과사상사, 2015), 279~283쪽 참고.

21 정세진, 「"법만 나오면 소크라테스 학원식 판박이 답안 홍수"」, 『동아일보』, 2006년 1월 24일, A10면.

22 하희정 · 이재성, 『독서 논술의 핵심 코드 101』(위즈북스, 2005), 76쪽.

23 이문열, 『시대와의 불화: 이문열 산문집』(자유문학사, 1992), 261쪽.

24 복거일, 「주변부의 경제학」, 좌승희 외, 『한국경제를 읽는 7가지 코드』(굿인포메이션, 2005), 48~52쪽.

25 이철희, 「선거주의의 폐해」, 『한겨레』, 2014년 2월 10일.

26 강준만, 「왜 풍년이 들면 농민들의 가슴은 타들어가는가?: 구성의 오류」, 『생각의 문법: 세상을 꿰뚫는 50가지 이론 3』(인물과사상사, 2015), 271~276쪽 참고.

27 로저 둘리(Roger Dooley), 황선영 옮김, 『그들도 모르는 그들의 생각을 읽어라』(윌컴퍼니, 2012/2013), 251쪽; 조지 애커로프(George A. Akerlof) · 로버트 실러(Robert J. Schiller), 김태훈 옮김, 『야성적 충동: 인간의 비이성적 심리가 경제에 미치는 영향』(알에이치코리아, 2009), 93~94쪽.

28 Richard J. Harris, 이창근 · 김광수 옮김, 『매스미디어 심리학』(나남, 1989/1991), 53~54쪽.

29 김수곤, 「눈이 아닌 가슴으로 쓰는 기사…신문에 휴머니티가 흐른다」, 『동아일보』, 2009년 9월 15일.

30 강준만, 「왜 우리를 사로잡는 재미있는 이야기는 위험한가?: 이야기 편향」, 『감정 독재: 세상을 꿰뚫는 50가지 이론 1』(인물과사상사, 2013), 204~208쪽 참고.

31 이남훈, 『필력: 나의 가치를 드러내는 글쓰기의 힘』(지음, 2017), 40~50쪽.

32 스티븐 컨(Stephen Kern), 박성관 옮김, 『시간과 공간의 문화사 1880~1918』(휴머니스트, 1983/2004), 289~290쪽.

33 칩 히스(Chip Heath) · 댄 히스(Dan Heath), 안진환 · 박슬라 옮김, 『스틱: 1초 만에 착 달라붙는 메시지, 그 안에 숨은 6가지 법칙(개정증보판)』(엘도라도, 2007/2009), 57~59쪽.

34 김수곤, 「눈이 아닌 가슴으로 쓰는 기사…신문에 휴머니티가 흐른다」, 『동아일보』, 2009년 9월 15일.

35 강준만, 「왜 우리는 "날 좀 봐달라"고 몸부림치는가? 관심 경제」, 『생각과 착각: 세상을 꿰뚫는

『50가지 이론 5』(인물과사상사, 2016), 231~235쪽 참고.

36 남지은 · 박준용 · 박다해, 「1,000대 1 '좁은 문' …뉴스 배치 생사여탈권 쥔 '문고리 권력'」, 『한 겨레』, 2018년 5월 9일.

37 김형 · 양혜승, 「저널리즘 원칙으로 본 온라인 뉴스 제목의 형식적 및 내용적 문제점 분석」, 『언 론학연구』, 17권 3호(2013년 8월), 87~114쪽.

38 최광범, 「튀는 제목…정확한 제목」, 『서울신문』, 2005년 11월 8일, 30면.

39 안주아 · 김현정 · 김형석, 『소셜 미디어 시대의 PR』(커뮤니케이션북스, 2015), 105~106쪽.

40 앙드레 버나드(Andre Bernard), 최재봉 옮기고 보탬, 『제목은 뭐로 하지?: 유명한 책 제목들의 숨겨진 이야기』(모멘토, 1995/2010), 5쪽.

41 루크 도멜(Luke Dormehl), 노승영 옮김, 『만물의 공식』(반니, 2014), 202쪽.

42 잭 웰치(Jack Welch) · 수지 웰치(Suzy Welch), 김주현 옮김, 『위대한 승리』(청림출판, 2005), 287쪽; 「Elevator pitch」, 『Wikipedia』.

43 에릭 슈미트(Eric Schmidt) 외, 박병화 옮김, 『구글은 어떻게 일하는가』(김영사, 2014), 197쪽.

제3장 행위에 대하여

1 김수현, 「한국 경제 대외 의존도 6년 만에 상승…"외풍엔 유의해야"」, 『연합뉴스』, 2018년 5월 2일.

2 노기섭, 「30大 그룹 임원 될 확률 '1%' …사장은 '0.03%'」, 『문화일보』, 2013년 12월 2일; 권순 활, 「재벌 총수 자녀의 초고속 승진」, 『동아일보』, 2015년 1월 9일.

3 스티븐 코비(Stephen R. Covey), 김경섭 옮김, 『성공하는 사람들의 8번째 습관』(김영사, 2004/2005), 21~22쪽; 칩 히스(Chip Heath) · 댄 히스(Dan Heath), 안진환 · 박슬라 옮김, 『스 틱!: 1초 만에 착 달라붙는 메시지, 그 안에 숨은 6가지 법칙(개정증보판)』(엘도라도, 2007/2009), 215~221쪽.

4 칩 히스(Chip Heath) · 댄 히스(Dan Heath), 안진환 · 박슬라 옮김, 『스틱!: 1초 만에 착 달라붙 는 메시지, 그 안에 숨은 6가지 법칙(개정증보판)』(엘도라도, 2007/2009), 221~224쪽.

5 제임스 퍼거슨(James Ferguson), 조문영 옮김, 『분배정치의 시대: 기본소득과 현금지급이라는 혁명적 실험』(여문책, 2015/2017), 44쪽.

6 「거대담론」, 『위키백과』.

7 김욱동, 『포스트모더니즘의 이론: 문학/예술/문화』(민음사, 1992), 153~160쪽.

8 서중석, 「민주노동당은 역사에서 배워야 한다」, 『역사비평』, 제68호(2004년 가을), 39쪽.

9 이정환, 『한국의 경제학자들』(생각정원, 2014), 109~110쪽.

10 윌 듀란트, 이철민 옮김, 『철학 이야기』(청년사, 1987), 224쪽.

11 김영명, 『신한국론: 단일사회 한국, 그 빛과 그림자』(인간사랑, 2005), 74~75쪽.

12 Alfred McClung Lee and Elizabeth Briant Lee, 『The Fine Art of Propaganda: Prepared for the Institute for Propaganda Analysis』(San Francisco, CA: International Society for General Semantics, 1979), pp.26~68.

13 아마티아 센(Amartya Sen), 박우희 옮김, 『자유로서의 발전』(세종연구원, 1999/2001), 84쪽; 김 만권, 『정치에 반하다』(궁리, 2017), 128~129쪽.

14 마이클 샌델(Michael J. Sandel), 이창신 옮김, 『정의란 무엇인가』(김영사, 2009/2010), 361쪽; 김영기, 「마이클 샌델의 정의관 비판: 『정의란 무엇인가』를 중심으로」, 『동서사상』, 10권(2011년 2월), 6쪽.

15 윌리엄 데이비스(William Davies), 황성원 옮김, 『행복산업: 자본과 정부는 우리에게 어떻게 행복을 팔아왔는가』(동녘, 2015), 25~26쪽.

16 Sanford D. Horwitt, 『Let Them Call Me Rebel: Saul Alinsky—His Life and Legacy』(New York: Vintage Books, 1989/1992), pp.524~526; Saul D. Alinsky, 「Afterword to the Vintage Edition」, 『Reveille for Radicals』(New York: Vintage Books, 1946/1989), p.229.

17 칩 히스(Chip Heath)·댄 히스(Dan Heath), 안진환·박슬라 옮김, 『스틱: 1초 만에 착 달라붙는 메시지, 그 안에 숨은 6가지 법칙(개정증보판)』(엘도라도, 2007/2009), 153~163쪽.

18 뤼크 드 브라방데르(Luc de Brabandere)·앨런 아이니(Alan Iny), 이진원 옮김, 『아이디어 메이커: 현재 틀에서 벗어나 새로운 틀에서 생각하기』(청림출판, 2013/2014), 167~168쪽.

19 마크 맨슨(Mark Manson), 한재호 옮김, 『신경끄기의 기술: 인생에서 가장 중요한 것만 남기는 힘』(갤리온, 2016/2017), 94~97쪽.

20 캐럴 길리건(Carol Gilligan), 허란주 옮김, 『다른 목소리로』(동녘, 1993/1997), 142쪽.

21 전수일, 『관료부패론』(선학사, 1996), 70~73쪽.

22 데이비드 런시먼(David Runciman), 박광호 옮김, 『자만의 덫에 빠진 민주주의: 제1차 세계대전부터 트럼프까지』(후마니타스, 2013/2018), 28쪽; 조일준, 「민주주의, 장점이 낳는 위기의 역설」, 『한겨레』, 2018년 7월 6일.

23 The School of Life, 이지연 옮김, 『평온』(와이즈베리, 2016/2017), 64~65쪽; 이와이 도시노리, 김윤수 옮김, 『나는 더 이상 착하게만 살지 않기로 했다』(다산3.0, 2014/2015), 55쪽.

24 존 롤즈(John Rawls), 황경식 옮김, 『사회정의론』(서광사, 1971/1985), 137~208쪽; 데이비드 존스턴(David Johnston), 정명진 옮김, 『정의의 역사』(부글북스, 2011), 324~325쪽; 디팩 맬호트라(Deepak Malhotra)·맥스 베이저먼(Max H. Bazerman), 안진환 옮김, 『협상천재』(웅진지식하우스, 2007/2008), 192쪽.

25 이수원, 「중용의 심리학적 탐구」, 최상진 외, 『동양심리학: 서구심리학에 대한 대안 모색』(지식산업사, 1999), 287~326쪽.

26 김희경, 「역지사지는 가능한가」, 『한겨레』, 2015년 7월 28일.

27 한기호, 「'단속사회'의 자화상」, 『경향신문』, 2014년 4월 1일.

28 주영재, 「내부자로서의 양심고백: 법학교수 김두식」, 경향신문 문화부, 『나는 작가가 되기로 했다: 파워라이터 24인의 글쓰기 + 책쓰기』(메디치, 2015), 47쪽.

29 사이토 다카시, 임해성 옮김, 『직장인을 위한 글쓰기의 모든 것』(21세기북스, 2016/2017), 160~162쪽.

30 이지영, 「'정답만 찾는 교육 싫다' 학교 탈출한 딸…암기 교육 비판 책 또 펴낸 계기 됐어요」, 『중앙일보』, 2017년 2월 17일.

31 이승철, 「답 하나만 강요하는 '정답사회'의 부작용」, 『중앙일보』, 2016년 6월 20일.

32 박지희, 「"글 잘 쓰려면 생각을 담으세요"」, 『경향신문』, 2005년 8월 11일, 10면.

33 배영, 「뿔 달린 공산당과 욕하는 미국 대통령」, 『중앙일보』, 2005년 11월 7일, 30면.

34 임지현·사카이 나오키, 『오만과 편견』(휴머니스트, 2003), 354~355쪽.

35 고자카이 도시아키, 방광석 옮김, 『민족은 없다』(뿌리와이파리, 2003), 208~215쪽.

36 손지애, 「한국은 '뉴스 강대국' 이다」, 『기자협회보』, 2005년 1월 12일.

37 정진석, 『언론과 한국현대사』(커뮤니케이션북스, 2001), 434쪽.

38 스티븐 바커(Stephen F. Barker), 최세만·이재희 옮김, 『논리학의 기초』(서광사, 1985/1986), 254쪽; 앤서니 웨스턴(Anthony Weston), 이보경 옮김, 『논증의 기술』(필맥, 2000/2004), 180쪽.

39 Charles Earle Funk, 『A Hog on Ice and Other Curious Expressions』(New York: HarperResource, 2001), pp.43~44; Martin H. Manser, 『Get to the Roots: A Dictionary of Word & Phrase Origins』(New York: Avon Books, 1990), p.115.

40 김효순, 「고인 사회와 풀린 사회」, 『한겨레』, 2005년 11월 24일, 26면.

41 윌리엄 파운드스톤, 박우석 옮김, 『죄수의 딜레마』(양문, 2004), 18~20쪽.

42 이정전, 『우리는 왜 행복해지지 않는가』(토네이도, 2012), 102쪽.

43 이현우, 『거절당하지 않는 힘』(더난출판, 2018), 32~41쪽.

44 이현우, 『거절당하지 않는 힘』(더난출판, 2018), 116~122쪽.

45 올리버 버크먼(Oliver Burkeman), 김민주·송희령 옮김, 『행복중독자: 사람들은 왜 돈, 성공, 관계에 목숨을 거는가』(생각연구소, 2011/2012), 219~220쪽.

46 강준만, 「왜 한국을 '퍼지 사고력의 천국'이라고 하는가?: 퍼지식 사고」, 『생각과 착각: 세상을 꿰뚫는 50가지 이론 5』(인물과사상사, 2016), 272~278쪽 참고.

47 이남훈, 『필력: 나의 가치를 드러내는 글쓰기의 힘』(지음, 2017), 55~59쪽.

48 Richard Kostelanetz, 「Marshall McLuhan: High Priest of the Electronic Village」, Thomas H. Ohlgren and Lynn M. Berk, eds. 『The New Languages: A Rhetorical Approach to the Mass Media and Popular Culture』(Englewood Cliffs, N.J.: Prentice-Hall, 1977), p.15.

49 피에르 부르디외(Pierre Bourdieu), 신미경 옮김, 『사회학의 문제들』(동문선, 1984/2004), 16쪽.

50 강준만, 「왜 헤어져야 할 커플이 계속 관계를 유지하는가?: 매몰비용」, 『감정 독재: 세상을 꿰뚫는 50가지 이론 1』(인물과사상사, 2013), 95~100쪽 참고.

51 강준만, 「왜 우리 인간은 '인지적 구두쇠' 인가?: 한정적 합리성」, 『생각과 착각: 세상을 꿰뚫는 50가지 이론 5』(인물과사상사, 2016), 17~21쪽 참고.

글쓰기가 뭐라고

ⓒ 강준만, 2018

초판 1쇄 2018년 11월 8일 찍음
초판 1쇄 2018년 11월 14일 펴냄

지은이 | 강준만
펴낸이 | 강준우
기획 · 편집 | 박상문, 김소현, 박효주, 김환표
디자인 | 최원영
마케팅 | 이태준
관리 | 최수향
인쇄 · 제본 | 대정인쇄공사

펴낸곳 | 인물과사상사
출판등록 | 제17-204호 1998년 3월 11일

주소 | 04037 서울시 마포구 양화로7길 4(서교동) 2층
전화 | 02-325-6364
팩스 | 02-474-1413
www.inmul.co.kr | insa@inmul.co.kr

ISBN 978-89-5906-509-7 03800
값 13,000원

이 저작물의 내용을 쓰고자 할 때는 저작자와 인물과사상사의 허락을 받아야 합니다.
파손된 책은 바꾸어 드립니다.

이 도서의 국립중앙도서관 출판예정도서목록(CIP)은 서지정보유통지원시스템 홈페이지
(http://seoji.nl.go.kr)와 국가자료공동목록시스템(http://www.nl.go.kr/kolisnet)에서
이용하실 수 있습니다. (CIP제어번호: CIP2018034978)